最強の魔物になる道を辿る俺、異世界中でざまぁを執行する

大小判

JN134235

ぶんか社

CONTENTS

プロローグ

金糸《きんし》を束ねたかのような長い髪を後ろで編み、蒼天のような色の碧眼《へきがん》を持つ美しい令嬢……シャーロット・ハイベルは、自宅である大きな屋敷の片隅に位置する質素で狭い部屋……自室の机の前に座って小さな溜息を吐《つ》いた。

大陸西部に覇《は》を唱えるグランディア王国、その建国より代々名門として王家を支えてきたハイベル公爵家に生まれた彼女には全てがあった。

王国の白百合とまで称される美貌と次期王太子妃としての見識と人望。

自分を厳しくも慈しんでくれた両親や、幼少の頃から共に育った幼馴染、十全の信頼を寄せていた従者たち。

公爵家の後継ぎとして研鑽《けんさん》を積む傍らで可愛がってくれた兄と素直で実直な弟に、共に笑い合った友人たちや慕ってくれていた領民たち。

次期王妃として期待を寄せてくれた国王に、共に支え合い国の為に尽くすと信じていた愛する婚約者。

何の疑いも無く、愛する人たちと歩んでいく未来を、シャーロットは持っていたのだ。

あの少女が現れるまでは。

リリィ・コナーという平民の少女がハイベル公爵家に引き取られ、シャーロットが通う貴族学院に編入してきたのはたった一年前のこと。

始まりは攻守援護に優れた希少な光属性の魔術を使えることで注目を浴び、後にリリィが現ハイベル公爵の弟……つまりシャーロットの叔父の子であることが判明した。

叔父は若い頃に家を出奔《しゅっぽん》しており、平民の娘との間にリリィを産んで細《ささ》やかに暮らしていると聞いたことはあったが、その叔父夫婦の家に強盗が押し入ってきたことによって亡くなり、孤児となったリリィを哀れんでハイベル公爵は姪を養女として公爵家に迎えたのだ。

しかし、シャーロットの幸福はリリィ・コナーがリリィ・ハイベルに改姓《かいせい》したのを境に影が差していく。

学院に通い出したリリィは多くの貴族男性を魅了していった。それは有力貴族だけに留まらず、婚約者の居る男性……シャーロットの婚約者である王太子、リチャード・グランディアや書類上は兄弟であるはずの兄ルーファスと弟のロイド、シャーロットの従者であるアーストまでもが。

彼らはリリィの気を引くために競うように贈り物をし、突然貴族の世界に放り込まれた彼女に夜会のルールや貴族の作法を教えるという名目で遊びに連れまわした。

シャーロットも両親を亡くした不憫《ふびん》な義妹《いもうと》を慈しんでいたが、未来の国王であり学院の生徒会執行部でもある王太子とその側近たちはその役目を放棄し、教師たちまであからさまにリリィを贔屓《ひいき》し始めたのだ。

両親や兄弟、従者やメイドはやがてシャーロットに見向きもしなくなり、リリィにばかり構うようになった。

そんなリリィに時間と富がつぎ込まれることで生まれる問題の尻拭いをするのは、全てシャーロットの役目。

『私は公爵家に引き取られてから日々充実しているのに、貧困街の人たちが毎日食べる物にも困っているなんて可哀想！』

その上、王太子たちはリリィへの貢ぎ物だけに留まらず、彼女の無計画な炊き出しに加担することによって国庫を食い潰し始めたのだ。

持つ者はより持たざる者へ施しを与えるというのが貴族の義務だが、何でもかんでも施しを与えていては国の運営は破綻《はたん》する。

それを諌《いさ》めるべき国王は運悪く病魔で床に臥《ふ》せっていたため、シャーロットの愛する自国を守るための戦いが始まるのであった。

食い潰される国税を財務大臣に相談し、山のように積まれた書類に忙殺され、増税に苦しむ国民や溢れかえる失業者たちに仕事を紹介したり、婚約者たちのリリィとの浮気に傷ついた令嬢たちのフォローをしたりと、立ち行かなくなりつつある国の為に奔走する美しき令嬢。

これだけ聞けば、シャーロットは自分も辛いのに献身的で健気な理想の淑女という評価を与えられるだろう。

しかし……彼女に与えられたのは謂われも無い誹謗《ひぼう》と中傷、そして義妹に対する周囲の過剰なまでの依怙《えこ》贔屓だった。

『わ、私……お義姉様《ねえ》に凄く怖い眼で睨まれて……ただ仲良くしたいだけなのに……うぅ……っ！』

そんな涙交じりのリリィの言葉に、周囲の人間は手のひらを返したかのような非難の眼をシャーロットに向ける。

一体どうしてそんな結論に達したかは分からない。少なくとも、シャーロットは忙し過ぎて話す暇も無かったというのに、いつの間にか彼女は健気で愛らしい妹を苛《いじ》める性根の悪い姉という評価を押し付けられていたのだ。

慈しんでくれた両親も、自慢の妹だと鼻高々に語ってくれた兄も、純粋に慕ってくれていた弟も……そして、愛する婚約者までもがシャーロットを疎《うと》み始めた。

『シャーロット、一体どうしたというんだ？　いつもの君ならそのような愚かな言動をしないはずだ』

『一体姉上はリリィ姉様の何が気に入らないというのです？　あんなにも健気で純真な方だというのに』

『あんまり私を失望させないでくれ、シャーロット。君は一応次期王妃なのだから』

初めは、そんな全く以《もっ》て身に覚えのない言動に対する注意喚起。

しかし、そんな言葉を納得出来るはずもない。シャーロットは何とか誤解を解こうと言葉を重ねたが、それも全て醜い言い訳と捉えられ、彼女への風当たりはますます強くなっていった。

そして彼らのシャーロットに対する態度や言葉は行動となって現れる。愛娘《まなむすめ》の為にと与えられた日当たりが良く優美な自室は、リリィが使うからと明け渡すことになり、代わりにシャーロットに新しい自室としてあてがわれたのは、日当たりが悪い屋敷の片隅にある小部屋。

家族の態度は日を重ねるごとに冷たくなり、親しい友人からも遠巻きにされ、信頼していた使用人からも侮蔑《ぶべつ》の視線を送られるようになった。

最もリリィに入れ込んでいるリチャードの態度の変化は特に如実で、これまで愛を語らった事実など無かったかのように、怯えるリリィを背中に隠し、蛇蝎《だかつ》を見るかの如くシャーロットを睨んでいる。

「どうして……どうしてこんなことに……！」

まさに異常ともいえる周囲の変化に置き去りにされ、薄暗い部屋に追いやられたシャーロットは、今でもまだ愛している人たちを想い、宝石のような瞳から一筋の雫を流す。

いくら貴族として、次期王妃として教養を積んできたと言っても、彼女はまだ十七の少女だ。その上、これまで多くの愛情に囲まれて過ごしてきた分、それらが一斉に反転したとなればシャーロットの苦しみは推《お》して知るべし。

「ずっと……このままなのでしょうか……？」

愛する両親、兄弟、婚約者に信頼する友人、使用人、領民からも疎まれ続ける日々がこれから先も続くのかと思うと、目の前が真っ暗になったかのように感じた。

押し寄せる不安に潰されそうになったその時、窓から見える藪《やぶ》から物音が聞こえた。

揺れ方や音の大きさから言って蛇や虫の類ではない。野犬や野良猫ならまだマシだが、最悪の場合魔物である可能性もある。

椅子から立ち上がって警戒を露《あら》わに揺れる藪を見つめるシャーロット。そして彼女の眼前に現れたのは、全身に傷を負い、息も絶え絶えに倒れ伏す奇妙な姿をした小さな魔物だった。

「あれは……キメラでしょうか？」

シャーロット自身、魔物に詳しい訳ではないが、知識の中にある魔物の特徴のどれにも当てはまり、どれにも当てはまらない魔物の登場に困惑する。

大きさはシャーロットの腕の中にすっぽりと収まる程度だろうか。竜の頭と胴体と腕。鳥の翼に獣の脚、蛇のようなウロコが生えた尾という、いくつもの動物や魔物のパーツを強引に繋ぎ合わせたかのような歪《いびつ》な姿をしていた。

似たような魔物にグリフォンやマンティコアなどを代表とするキメラという総称で呼ばれる魔物たちが居るが、このような組み合わせのキメラなど聞き覚えは無い。

そんな奇妙で小さな存在は、血を流し遠目からでも弱っているのが感じられた。

「た、大変っ！」

呆気《あっけ》に取られて身動き一つ取れなかった体が復活し、シャーロットは毛布を持って庭へ飛び出し、小さな魔物の元へと急いで駆け寄る。

訓練されていたり、一部例外的な存在を除いて、基本的に魔物は人を襲う凶暴な害獣でしかない。本来は屋敷の者に報告して駆除《くじょ》させるべきだったのだが、それを理解し切った上でシャーロットは自ら駆け寄った。

あの傷つき、倒れる姿を見た時、それが今の自分と重なって動かずにはいられなかったのだ。

安い同情であることは理解している。しかし、理屈だけで割り切れるほどシャーロットは冷淡にはなれない。

「もう大丈夫ですよ」

襲い掛かられても文句は言わない。そう覚悟を決めてキメラに手を翳《かざ》すと、淡い光が発せられる。

《エイド》という、基本的な治癒魔法だ。光を浴びた傷は徐々に塞《ふさ》がっていき、荒い息を吐いていたキメラの呼吸が穏やかなものとなる。

「……助けたのはいいけれど、これからどうすれば……」

一先《ひとま》ず、毛布に包んで部屋まで連れてきたものの、これから先のことを考えずに行動してしまったシャーロット。

時刻はもうじき夕食時。とりあえず、何か栄養になるような物の用意を侍女に頼むことにした。

「ケリィ、申し訳ないのですが、夕食を持ってきてもらってもいいですか？」

「……かしこまりました」

つい先日まで、まるで本物の姉妹のように親しかった侍女の嫌々ながらの返事に、シャーロットの気分は暗く沈んでいく。

いつもよりも早く運ばれてきた料理を見て、食堂に呼ばれることも無く部屋で食べるように父母から申し付けられた時のことを思い出してしまったが、鬱屈《うっくつ》した気持ちを何とか押し殺し、スプーンで掬《すく》ったスープをキメラの口に寄せる。

「あ……食べた」

低い唸《うな》り声を上げるキメラだったが、食欲が勝ったのか鼻をヒクヒクと動かし、スプーンを噛むように口に含む。

掬う料理を替えながら、それを何度も繰り返し、夕食の半分も食べ切らない内に寝息を立て始めるキメラの子供。

如何《いか》に凶悪で奇妙な姿の魔物と言えども子供というのは可愛いもので、訓練されていれば共存が可能な生物であることも踏まえて此処《ここ》に置いても良いのではないかとシャーロットは本気で考える。

「難しいことであるのは分かりますけど……部屋から出さないようにして躾《しつ》ければ大丈夫ですよね

……？」

癒しが欲しい。それを魔物に求めるほど追い詰められていたシャーロットは、このままキメラを自室で匿《かくま》うことを決めた。

相談相手は居ない。誰一人として味方が居なくなってしまった彼女は貴族学院の図書室や屋敷の書庫と自室を往復し、魔物の使役《しえき》について学び始めたのだが、意外なことにキメラは非常に大人しかった。

怪我や疲労の影響もあるのだろうが、不用意に部屋から出たり鳴き声を上げたりもせず、シャーロットに危害を加える様子も無い。

むしろその目に知性らしきものが宿っていることに気付いたのは拾ってから一週間後の、誤って机から本を落としてしまった時のこと。

「ギャウ」

「え？　拾って、くれたのですか？」

本を咥《くわ》えて差し出すようにキメラは首を上下に振る。人とは違う価値観を持つ魔物とは到底思えない行動に、シャーロットはもしやと思って問いかける。

「貴方はもしかして、私の言葉が分かりますか？」

「っ！　ギャウ！　ギャウギャウッ！」

その言葉を肯定するかのように何度も何度も頷き返す。

たとえ訓練されていたとしても、本来魔物が人間の言葉を解するには年単位の長い期間が必要になる。

しかし信じられないことに、このキメラは子供でありながら人の言葉を解するほどの高い知能を持っているらしい。

「凄い……まるで魔物じゃないみたいです」

「ガアッ!?」

思わず胸元に強く抱き締める。苦しいのか身動《みじろ》ぎしているが、少し力を弱めるだけで放そうとはしないシャーロット。

それからというもの、キメラはシャーロットの感情の機微《きび》を察したかのような行動を取っているということが分かるようになった。

シャーロットが辛い時は黙って隣に座り、温もりが恋しい時は寄りかかる。やけに人間臭い行動を取る奇妙な姿の魔物に、多くの人に手のひらを返されたシャーロットが愛着を抱くには時間がかからなかった。

これが親バカという感情なのか。不運に次ぐ不運に涙すら枯れるのではないかとばかりの悲しみに明け暮れたシャーロットは、本当に久しぶりに笑った。泣きながら笑った。

冷たくなった彼女の世界に温もりを取り戻してくれた魔物を一頻《ひとしき》り抱き締めると、思い出したかのように視線を合わせる。

「そうです。貴方にはちゃんと名前を付けなくてはなりませんね」

最早この魔物を手放す気が無いシャーロットは、いつまでもキメラや貴方と呼ぶのは良くないと感じて名前を与えることにした。

「ニルホルメテウスというのはどうでしょう?」

「ガウッ！」

キメラは首を横に振る。

「駄目ですか？　それではキティというのは」

「ギャウッ！」

言い切る前にキメラはまた首を振る。

「えぇ……可愛いと思ったのですが。……ではマリアンヌは」

「ギャウゥッ！」

またしても首を横に振るキメラ。

奇をてらい過ぎた名前も良くないし、地味過ぎたり長過ぎたりするのはあえなくキメラ本人（？）に却下される。

いくつもの候補を思い浮かべ、何度も何度も吟味《ぎんみ》して、彼女は最後に子供の頃に好きだった寓話《ぐうわ》から思いついたとっておきの名を口にした。

「貴方の名前は、ゼオ。私が好きな童話の主人公で、古い言語で『勇敢なる者』という意味を持つゼオニールから取ったものです」

こうして、薄幸の令嬢であるシャーロットとキメラのゼオの秘密の生活が始まった。

愛情を注いでくれた家族から冷たい視線を向けられ、信頼していた使用人や学友からも軽蔑の念を送られ、愛する婚約者であるリチャードにまでも侮蔑される日々。そんな中で、ゼオはシャーロットにとって唯一の支えとなった。

「ゼオ……お願いですから、貴方だけは私の前から居なくならないでください。……一人になるのは、少し疲れるんです」

「……ガァ」

今でも情が残る人たちから、今日も今日とて酷い罵倒を受けた。その代わりに、リリィには自分が受けていた信頼や愛情を全て注がれるようになった。

いくら次期王妃として貴族の義務を叩き込まれたシャーロットであっても、この周囲の変化には悲しまずにはいられない。狭く暗い部屋に押し込められた少女の、今にも泣きだしそうな淡い笑みを消すかのように、ゼオは鳥の翼を広げてシャーロットの背中を優しく撫でた。

(安心しろよ、お嬢。アンタを虐《しいた》げる奴は、俺が一人残らず全員ざまぁしてやっから)

しかしシャーロットは知る由もなかった。このキメラのゼオに、人間としての前世の記憶と人格があることなど……ましてや、自分の為に周囲に〝ざまぁ〟をしてやろうと画策していることなど、夢にも思わなかった。

第一章

キメラは恩人を守ると決意する

このさも当然のように魔物らしからぬ、人間のような考えに及んでいるキメラ、ゼオについて少し語ろう。

地球と呼ばれる世界の日本という国で生まれ育った男子学生だった彼は、ある日電車に撥《は》ねられて死亡……したかと思えば、異世界に存在するグランディア王国が有する樹海の中で目を覚まし、肉体が魔物の一種、キメラとなっていた。

(な……何じゃこりゃぁあああああああああっ⁉)

まず自分の前足や体、そして近くにあった泉で全身を確認した時は、思わず絶叫してしまった。それもそのはず、彼にとって「死んだと思ったら魔物に転生してました」などという展開は、小説や漫画の中だけの状況に過ぎないはずだから。

(うーわー……どーすりゃいいんだよ、これからぁ……)

腹這《はらば》いになったり、地面をゴロゴロ転がりながら途方に暮れる。高度な文明人として十七年近く生きてきた彼にとって、いきなり人外に転生した上でのサバイバルに、適応出来る自信などありはしない。ありはしないのだが……。

(まぁ……命あっての物種《ものだね》か。その上意識もしっかりとしてるし、記憶もある。せめて人に生まれ変わったんなら御の字だったけど、そこまで贅沢《ぜいたく》は言えない……よな？）

しかし彼の精神は図太かった。深く考えるのはサクッと止め、とりあえず生き抜くことだけは決心し、食料を求めて徘徊し始める。

人間だった彼が今ではすっかり魔物になっているという超常現象が起こるだけあって、この世界は魔物や魔法がはびこるファンタジー世界であるということは、早々に理解した。

何せ森を歩けば六本足の上に刃のような角を持つ鹿が闊歩《かっぽ》し、平原を進めば鎧《よろい》を着た剣士にローブを纏《まと》って杖を構える魔法使い、耳長の種族であるエルフの弓兵《きゅうへい》や小柄で髭の生えた筋肉ダルマ、ドワーフの戦士という、いかにも冒険者っぽい一団。

湖の畔《ほとり》を歩けば、大の男も丸呑み出来そうなほど巨大な、角の生えたナマズが水面から姿を現し、空を見上げれば男子のロマンであるドラゴンが雄々しく翼を広げて飛び去っていく。

これだけ見せられれば、現状を夢と自分に言い聞かせて現実逃避出来るはずもない。非現実的な光景を現実と受け止め、彼は野生に適応しようと生水を啜《すす》り、血肉を齧《かじ》った。

それと並行して魔物と戦い自身を鍛え、どのような怪物や冒険者を前にしても生き抜けるようにと備えていた。

狙いは主に自分と同じくらいか、それ以下の強さしか持たない魔物。堅実にひっそりと、焦らずゆっくりと強くなろうとしていた彼を嘲笑《あざわら》うかのように、それは現れた。

「グオオオオオオオオオオッ!!」

「ガァッ！　ギャウギャウッ！」

三本の角と黒い体毛が生えた巨大な熊に目を付けられたのだ。大男と比較しても更に巨大な魔物と、女の腕の中にすっぽりと収まるであろう子犬サイズの魔物である彼とでは、体格差どころかあらゆる能力値に差があり過ぎる。

それでも何とか逃げようと、時折攻撃を当てつつ逃げるを繰り返していたが、こちらの攻撃は雀の涙ほどしか通じないし、巨大熊は尋常ではない速度と筋力、鋭敏な嗅覚で逃げ惑う彼を追い詰めていく。

「グルォオオオッ!!」

「ガッ……!?」

剛腕一閃《いっせん》。幸いにも爪による裂傷《れっしょう》を負うことはなかったが、筋肉の塊であるかのような太い腕は、薙《な》ぎ払うだけでも凶器となる。

まるで小石を投げたかのように吹き飛ばされた彼は、そのまま渓流《けいりゅう》へと叩き落され、水に揉まれながらどこまでも流されていった。

尋常ではない一撃に体力はごっそりと奪われ、川の水温は容赦《ようしゃ》なく気力を削ぎ落す。命辛々《からがら》、川からの脱出が叶った時は不覚にも泣きそうになった。

そのまま極度の眠気と疲労に襲われながらも、彼はなけなしの気合で安全な場所を求めて彷徨《さまよ》い歩く。この睡魔に身を委ねれば命は無い……そんな確信にも似た予感が小さな魔物の四肢を突き動かしていた。

「……ガァ」

歩き続け、巨大熊に殴られた鈍痛《どんつう》と全身の擦り傷に苦しみながら、どうにか魔物の気配が少ない場所に辿り着いた彼は、藪の中に身を潜めるように潜り込んだ。

しかしその藪は思いの外小さく、彼の体は突き抜けるように向こう側へと飛び出した。そんな彼の目の前には、見上げるほどの大きな洋館。

（やべぇ……ここ人住んでるんじゃ……？）

今の彼にとって、人間というのは基本的に敵だ。向こうには害獣退治や素材採取という様々な名目があるが、それで命を奪われる身となった今では堪《たま》ったものではない。

この世界に転生して間もない頃、冒険者風の人間の団体が、まるで家畜を屠《ほふ》るかのような目で剣を振るい、魔法を撃ってきたこともあるのだ。

何とか身を起こしてこの場から離れようとするが、一度倒れた体には力が入らない。むしろ猛烈な眠気すら襲ってくるほどだ。

（俺……また死ぬのかな……？）

それは耐え切れないことだった。こうして記憶を持ったまま転生してはいるが、次はどうなる？　完全な死か、記憶を失っての転生か、いずれにせよそれは地球の日本で暮らしてきた記憶の消滅に他ならない。

「もう大丈夫ですよ」

朦朧《もうろう》とする意識の中、二度目の死が迫っていることを自覚しながら重い瞼に必死に抗っていると、そんな澄んだ優しい声の持ち主が彼に手を翳した。

暖かな光が全身に浴びせられる。全身の痛みが引いていくことに驚いて傷を見ると、なんと光を浴びた傷が急速に塞がっていくではないか。

（……て、天使……？）

見上げてみると、そんなバカげた感想が脳裏に浮かぶ。しかし声の主である娘は、本当に天使と見紛《みまご》うばかりの美しさだった。

金糸を束ねたかのような長い髪も、蒼天を連想させる大きな瞳も、最高の職人が丹精込めて作ったビスクドールのように整った顔立ちも、テレビの中ですら見たことが無い美少女を構成している。

「ガァァ……ッ！」

しかしどんなに美しかろうと相手は人間、自身も人間としての意識が残っているにも拘らず、転生してから受けた仕打ちから、思わず威嚇《いかく》の声を出す。

そんな半ば魔物となった彼に対し、娘は慰撫《いぶ》するかのように怪物の体を毛布で優しく包み、そっと抱き寄せた。

「大丈夫……大丈夫ですから。ここに貴方を傷つける人はいません。だから今は休んでください……ね？」

その一片の打算も悪意も感じさせない声と腕の中の温もりに、閉ざされないように堪えていた瞼が力無く下りる。

幾日も気を張り続け、遂に緊張の糸が切れた彼は抗い難き眠りの淵へと意識を投じたのだった。

次に目を覚ましたのは、扉を開けるような音がした時だった。

自分を救った娘の部屋なのか、日当たりの悪い質素な部屋の中、ベッドの上で毛布と布団で覆い隠された〝彼〟は先ほどの娘と茶髪のメイドが向かい合っているのを見た。

（……なぜメイド？）

この部屋には何ともミスマッチにも思え、しかし娘と向かい合っている様は不思議としっくりくるという矛盾を感じる。

「では、食事をお持ちしましたので私はこれで」

「……ありがとう」

「？」

何故か憮然《ぶぜん》とした表情のメイドと、彼女を悲しそうに見つめる娘に疑問を浮かべていると、娘は食事らしき物が載せられたトレイを机の上に置き、毛布と布団を捲《まく》り上げた。

「あぁ、良かった。目を覚ましたのですね」

娘は先ほどとは打って変わって嬉しそうな表情を浮かべる。彼に暴れる素振りが見られないことを確認すると、竜の頭を優しく撫でた。

「私はシャーロット……と言っても、分からないですよね」

言葉が通じないものと思い込んでの苦笑は、どういう訳か酷く楽しそうで、寂しそうにも見えた。

何はともあれ、この少女……シャーロットに害意は無いということを理解した彼は、傷が癒えるまでこのままこの部屋で暮らすことを決定。

それから更に一週間が経過し、ゼオと名付けられた元男子高校生の現キメラは、シャーロットの献身的な介護により体力が十全となり、ようやく周囲の状況や、シャーロットの素性や境遇をある程度理解した。

ここは大きな洋館であり、シャーロットが時折やってくるメイド……といっても、あからさまに嫌そうな表情を浮かべる者ばかりだが……から「お嬢様」と呼ばれていることから、彼女が貴族や金持ちの娘であるということは明白だ。

「一体何故、皆が私から離れていったのでしょうか……？　私に至らないところがあったのなら、それを正して元に戻りたい……」

理由も分からず家族や学友、婚約者から蔑《さげす》まれ始めたということも、彼女が零す自責に似た愚痴《ぐち》で知ることとなった。

シャーロットからすれば、人間の事情をよく理解出来ない魔物に話しかけているつもりなのだろうが、それは外見だけであって中身は成人間近だった日本人男子。シャーロットの言葉や時折現れる使用人の態度、そしてこの大きな屋敷の隅に位置する薄暗く狭い、とても貴族の令嬢が暮らすとは思えない部屋を見れば、今の彼女が貴族としてどれだけ不遇な生活を送っているのかは想像に難くない。

（おいおい、そんなんお嬢は何も悪くないじゃん。要はポッと出の義妹が、他人を生贄《いけにえ》にして媚び売るのが上手いって話だろ？）

話し相手がゼオ以外に居なくなったシャーロットは、彼が人の言葉を理解していると知ってから多くのことを語った。

貴族としての誇り。厳しくも温かく見守ってくれた両親や、尊敬する兄に可愛い弟。信頼する専属執事に愛する婚約者。次期王妃として、民《たみ》にどうやって活気を与えることが出来るのか……これまでの寂しさを埋めるように、シャーロットは独白のつもりでゼオを腕の中に抱いて語り聞かせた。

（色々鬱憤《うっぷん》が溜まってたんだろうなぁ……というか、さっきから頭に柔らかいのが当たって……駄目だ駄目だ、今はシリアスな場面だから）

そして、リリィという血縁上の従姉妹《いとこ》が、シャーロットの持っていた物をどんどん奪っていったということも。

付き合いの浅いゼオが知る由《よし》もないが、シャーロットは基本的に悩みや鬱憤を抱え込み、自分で解決しようとする悪癖《あくへき》の持ち主だ。

そんな彼女が、原因の分からない現状に追い詰められ、相手が魔物とはいえ愚痴を零すまでに追い詰められていることを、雰囲気で察したゼオは激怒した。

(片方の意見ばっかり尊重して、もう片方の話を一切聞かない奴なんてゴミクズ同然だろ!? 少なくとも、お嬢がそんな風に思われる人には見えんぞ?)

これは何かがある。少なくともシャーロットを追い詰めようとする何かが。

何せ突然の手のひら返しにも、人目につかない場所でさえ恨み節一つ零さない少女だ。悍《おぞ》ましいキメラにすら慈悲を与える彼女の本質を、現状この世界の誰よりも理解しているゼオは、命の恩を返す意味でも決意を固める。

(安心しろよ、お嬢。アンタを虐げる奴は、俺が一人残らず全員ざまぁしてやっから)

とはいえ相手は人間社会。こんな魔物の身で何が出来るのか。……しかし実は出来るだけの自信《チート》が彼にはある。


「いと慈悲深き女神よ。今日も私たちの良心より、私たちを見守りください」

首から提げている十字架《ロザリオ》を握り締めながら瞳を閉じ、朝の日課である祈りを済ませたシャーロットは、学院の白い制服に着替える。

「それではゼオ、行ってきます。ちゃんと良い子で待っていてくださいね?」

「ガァッ」

名残惜しそうにゼオの頭を優しく撫で、学院に行くために主《あるじ》が部屋を後にした時、ゼオは気を取り直して頭の中で強く念じる。

（いくぞ、《ステータス閲覧《えつらん》》！）

名前：ゼオ　種族：キメラ・ベビー
Lv：13　HP：54／54　MP：48／48
攻撃：35　耐久：33　魔力：33　敏捷：35　SP：32

◆スキル◆
《ステータス閲覧：Lv――》《言語理解：Lv――》《鑑定：Lv――》《技能購入：Lv1》《火の息：Lv2》《電気の息：Lv3》《冷たい息：Lv2》《透明化：LvMAX》《飛行強化：LvMAX》

◆称号◆
《転生者》《ヘタレなチキン》《令嬢のペット》

地球サブカルチャーのテンプレの権化が、明確なイメージ映像としてゼオの脳裏に浮かび上がる。情報は武器だ。ゼオがこれまで過酷な野生を生き延びてこられたのは、己を知り、相手を知っていたからこそである。

（よーし、この念じるだけで発動するスキルで、お嬢を苛める奴をざまぁしてやるぞ！）

こうして、キメラに転生した元地球生まれの高校生による、公爵令嬢の救済が始まるのであった。

《ステータス閲覧》でざまぁ選別

ハイベル家の侍女ケリィは生まれてから六歳になるまでグランディア王国の中でも治安の悪い貧困街で育った。

当時、王族や政府を欺《あざむ》いて悪政を敷いていた地方領主一族によって領民の生活は乱れに乱れ、毎日が生きるにも困るほど。

法外な税として奪われる作物を始めとする食糧の代わりとなる物を、他者や通りすがりの商人から奪うことが当然となり、必要となれば自らの子供すらも売り飛ばす。

そんな街の中で、ケリィは暴力的な父母の虐待を受けながら過ごしてきた。育ち盛りに必要な食料を娘から奪い、それをわざわざ目の前で食べて自らの嗜虐《しぎゃく》心を満たす父に、少しでも気に入らないことがあれば、実の娘に激しい八つ当たりを繰り返す母。

衣食足りなければ人は礼節を忘れる。とても血を分けて生まれた娘にするとは思えない仕打ちに、幼少期のケリィは全身に青痣《あざ》を作り、あばら骨が浮き出るほど痩《や》せた貧相極まりない子供だった。

しかし、天はそんな彼女を見放すことはしなかった。悪銭《あくせん》は身に付かないとはよく言ったもので、領主の蛮行は遂に政府に伝わり、彼の一族は王国法によって裁かれ、新しい領主を据えられることとなる。

とはいっても改革には時間がかかるもの。領主が代わっても変わらない生活を続けていたケリィの体力は遂に限界を迎え、彼女は冷たい冬の街に、その幼い体を横たえた。

生きようという気力も湧かないほどに疲れ果てた彼女は、そのまま襲い掛かる心地の良い睡魔に身を任せようとした。

『だいじょうぶですか？』

そんな彼女を保護したのが、当時貴族としての見聞を広める目的で、父であるハイベル公爵と共に領地を訪れたシャーロットだった。

自分と同じく幼い少女。しかし、その生まれには天と地ほどの違いがあった。貴族にとって平民などただの搾取《さくしゅ》の対象……生まれてから貧困を強いられ続けてきたケリィにはそのような強い印象があり、目の前で心配そうにしている美しく着飾った少女は敵にしか見えなかったのだ。

『おとうさま、この子を私のせんぞくのメイドにしてはいけませんか？』

そんな死にゆく少女を救ったのが、他でもないシャーロットだった。

何も無い薄汚い平民でしかなかったケリィに衣食を与え、職を与え、何よりも人の温もりを与えてくれた、彼女が知らなかった貴族の姿を見せたシャーロット。

それを権力的強者としての傲慢《ごうまん》な施しと言ってしまえばそれまでで、ケリィも初めはお貴族様の道楽だの、ペットを飼っている気分なんだろうなどと、卑屈な考えばかりを浮かべていたのだが、幼くして相手を気遣える、優しい心を持ったシャーロットに絆《ほだ》されるのに時間はかからなかった。

『ねぇ、ケリィ。これから私たち、何があってもずっと一緒ですよね？』

『勿論《もちろん》です、お嬢様！　私はずっと、シャーロット様にお仕えしますから』

常に慈しみを忘れないシャーロット。そんな彼女はケリィを始めとする使用人一同から強い信頼を寄せられており、十五歳になる頃には、既に二人は身分を越えた親友と言える絆で結ばれていた。

これから何があっても、この優しい人の傍《そば》に居て支え続けよう。現世の地獄のような場所から命ごと救い上げてくれたシャーロットに、一生をかけて恩返ししよう。

獣一歩手前のようなささくれ立った心の持ち主だったケリィに、人間としての良心を与えてくれたシャーロットと共に歩んでいく。そう決意してから数年、事態は急激に変化し始める。

『お義姉様ったら酷いの……！　私がハイベル公爵家の余所《よそ》者だからって、早く出ていけって……私、パパもママも居なくなって行く当てが無いのに……！』

公爵家に引き取られたリリィが、もう耐えられないとばかりに涙を流しながら、義姉の侍女の手を握る。それからというもの、ケリィはシャーロットを毛嫌いし始めた。

あんなに優しくて健気なリリィお嬢様を虐げるなんて、立派な公爵様の娘とは到底思えない！　聖人面を張り付けておいて、裏では気に食わない者は徹底的に虐げるなんて、故郷の悪徳領主以下ではないか！

騙《だま》されたという憤慨《ふんがい》もあり、人一倍シャーロットを憎々し気に睨むようになったケリィ。ハイベル公爵に直談判《じかだんぱん》し、腹黒で性悪なシャーロットの専属から外してもらったくらいだ。

『ケリィ……あの……』

『今日限りでお嬢様の専属から外れさせていただきますので。今までお世話になりました』

館の片隅の部屋に追い込まれたシャーロットに対し、渋々といった感じに最後の挨拶をしに行った時、既にケリィには目の前の令嬢がどんな表情をしているのかの興味も無かった。

今にも漏れ出しそうな嗚咽《おえつ》を必死に抑えながら自らの名前を呼ぶかつての主の声に気付くことなく、ケリィは清々した思いと共に、今度はリリィの専属になれるように努力しようと軽い足取りで立ち去るのであった。

……一体何が真実であるのかも気付かないままに。

己を知り、敵を知れば百戦危うからず。そんな孫子《そんし》の言葉を体現したのが、男子高校生だったゼオが異世界に転生してから手に入れた力である。

名前：ゼオ　種族：キメラ・ベビー
Lv：13　HP：54／54　MP：48／48
攻撃：35　耐久：33　魔力：33　敏捷：35　SP：32

◆スキル◆
《ステータス閲覧：Lv－－》《言語理解：Lv－－》《鑑定：Lv－－》《技能購入：Lv1》《火の息：Lv2》《電気の息：Lv3》《冷たい息：Lv2》《透明化：LvMAX》《飛行強化：LvMAX》
◆称号◆
《転生者》《ヘタレなチキン》《令嬢のペット》

まずは自分や相手の能力を数値化することが出来る《ステータス閲覧》によって力量差を推し量り、日本どころか地球とは全く違う文字や言葉を解することが出来る《言語理解》で身振り手振り程度のコミュニケーションを可能にする。

更に魔物を倒すことで経験値と共に得られるスキルポイント……SPを消費して現在取得可能なスキルを購入する《技能購入》で手札を増やす。そして物の詳細を見極め、毒の有無や食用の可否を見分ける《鑑定》。

野生だった頃のゼオはこの四つのスキルを駆使して、魔物蔓延《はびこ》る世界で生き延びてきたのだ。

(ていうか、新しい項目に名前が出てるし。称号にも《令嬢のペット》って……いや、確かにお嬢に飼われてる状態だと言えるけども)

名前は人間の冒険者には必ずあった項目であるが、記憶を持って生まれ変わったものの、当時のゼオのステータスには名前というものが無かった。称号にある《転生者》も、自分が一度死んだことを雄弁に語っている。

(まぁいいや。それよりも、やっぱり情報収集に使えるのはこのスキルだな)

ゼオが注目したのは《透明化》のスキルだ。元々過酷な野生で生き延びるために《飛行強化》と共に手に入れ、延々と活用している内にレベル10……最大値に到達したのである。

……その結果手に入れたのが臆病な逃亡者、《ヘタレなチキン》の称号だが。

(お嬢が出かけてる間は、この《透明化》のスキルで屋敷を散策出来る。まずはこれで敵を知らないとな)

現段階ではあくまで(仮)が後ろに付くものの、敵というのは主に現れたことで急激に周囲の態度を変えさせたというリリィであり、それを許している周囲の人間全員もそれに当てはまる。

まずはシャーロットを取り巻く環境がどうなっているのか……本人の言葉だけではなく、周りの様子も確認してみなければ、ざまぁのしようもない。

（という訳で、早速行ってみようかね）

スキル《透明化》を発動すると、ゼオの体が一瞬で透けていき、周囲の景観と一体化する。こうなった彼の姿は、最早視覚に頼る生物に捉えることは出来ないだろう。

走る時以外は二足歩行が可能なゼオの体は、大雑把ながらも手作業が可能だ。ドアノブをゆっくり開けて部屋の外に出るくらいなら訳がない。

透明と化した体で、そこから更に用心を重ねて、足音を立てないように慎重に広く長い廊下を歩いていくと、見覚えのある茶髪の侍女の姿が見えた。

（あれはあの時の愛想の悪いメイド……まずは奴のステータスから覗いてみるか）

名前：ケリィ　種族：ヒューマン
Ｌｖ：５　ＨＰ：14／14　ＭＰ：10／10
攻撃：８　耐久：８　魔力：12　敏捷：９

◆称号◆
《公爵家のメイド》《恩知らず》《不忠義者》

（レベルたったの5……カスだな）

この数値はゼオがレベル1だった時と大差が無い上にスキルも無い。とはいえ不穏な称号を持っているとなると、ゼオとしては少なからず警戒しておかなければならないだろう。

この後も屋敷に居る人間に対して《ステータス閲覧》を発動してみたが、多少の違いはあれどステータスは似たり寄ったり。何人かのメイドや御者といった使用人には称号に《恩知らず》や《不忠義者》という称号があったりと、共通点も多い。

（お嬢の父親とか母親とかは居ないのか……いくら透明化してるからっていっても、不用意に扉は開けれないしな）

聞いた話によれば兄と弟も居るらしいが、それらしきステータスの持ち主は居ない。いつも通りなら、シャーロットが帰ってくるにはまだ時間がある。もう少し探索しようかと思った矢先、館全体の雰囲気が慌ただしくなった。

「リリィお嬢様がお帰りになったわ」

「早くお出迎えしなくちゃ！」

どうやら事の元凶と思われる少女が帰宅したらしい。これはゼオにとって好都合だ。ステータスを見れば、本当にシャーロットを追いやった原因がリリィにあるのかが分かる。

ゼオはメイドが行く方向に身を任せるように歩を進める。大きな正面玄関に続く広いロビーに辿り着くと、まるで主を出迎えるかのように執事やメイドが扉を挟んで対面する形で並んでいた。

『『おかえりなさいませ、リリィお嬢様』』

「ただいま、皆！」

大勢の使用人に出迎えられたのは、美男子な一人の執事を伴うピンク色の髪をした令嬢だった。

(あれがお嬢の義妹……何ていうか……見た目は普通だな。……あっ、でもピンク髪が似合わない)

シャーロットをそこらのアイドルなど足元にも及ばない清廉《せいれん》な女神と譬《たと》えるのなら、リリィは髪の毛をピンク色に染めた普通の日本女子といったところか。体も小柄な方ではあるが、どちらかと言えば貧相で、抱かれ心地が良いのに手足や腰はしっかりと細いシャーロットと比べると雲泥《うんでい》の差だ。

(少なくとも、見た目で差別され始めた訳じゃなさそうだな)

サラリととんでもなく失礼なことを考えているゼオ。しかし、近くに居るメイド二人の会話を聞いて愕然《がくぜん》とすることとなる。

「今日もリリィお嬢様は可愛らしいわぁ」

「従姉妹と言っても、やっぱりハイベル家の血筋よねぇ。もう一人のお嬢様(笑)とは大違い」

「ホントホント。実はあっちの方が従姉妹なんじゃない?」

(こいつら目が腐ってるんじゃね⁉)

本当にそうとしか思えない。一体何をどうすればそんな感想が出てくるのか。もしや、異世界での美的感覚は地球とは違うのだろうか?

ちなみに余談ではあるが、この二人の侍女も《恩知らず》や《不忠義者》の称号持ちである。話のネタにシャーロットを嘲笑《ちょうしょう》した罪で、とりあえず軽いざまぁを食らわせてやろうと心に決めるゼオなのであった。

(とりあえず、一回リリィとやらのステータスを見てみるか。彼女が本当に悪意あってお嬢を追い

やったのか、それとも無自覚なのか……それによって対応が変わるからな）

ざまぁする相手は事実確認した上でしっかりと選別しないと、心優しいシャーロットが悲しむかもしれない。リリィが白か黒かをハッキリつけるために、ゼオは離れた位置から《ステータス閲覧》を発動した。

名前：リリィ・ハイベル　種族：ヒューマン
Ｌｖ：８　ＨＰ：14／14　ＭＰ：３４８／４５０
攻撃：８　耐久：８　魔力：２９０　敏捷：８

◆スキル◆
《王冠の神権：Ｌｖ一一》《感情増幅：Ｌｖ９》《光魔法：Ｌｖ１》
◆称号◆
《公爵家の令嬢》《恩知らず》《悪女》《絆を引き裂く者》《親殺し》《不義の輩》《権力欲の権化》《ただのビッチ》《元平民》《勘違い女》

（真っ黒じゃねぇかぁぁぁっ⁉）

レベルを上げて物理でざまぁするために

想像を絶する真っ黒な称号一覧にゼオは愕然とする。称号というのは行動や立場によって得るのだが、ここまで腹黒い称号の持ち主が、傍《はた》から見れば無垢で人当たりの良い笑顔を振りまいていると思うと寒気がする思いだ。

（お嬢は、男を中心に周囲に居た奴はリリィ……もとい、ビッチに構い倒して仕事しなくなったと言ってたけど、なるほどなぁ……あのスキルで周囲を操ってるのか）

《ステータス閲覧》には、スキルや称号の詳細を見抜く力もある。今、ゼオの脳裏にはリリィの犯した罪と、その経緯がはっきりと浮かび上がっていた。

【スキル《感情増幅》。人の好き嫌いを始めとする感情の大小を操る力。魔力でも抵抗可能だが、強い意志さえあれば問題ない】

【称号《不義の輩《ともがら》》。大勢の人間を騙し、貶《おとし》めたことで得た称号。詐欺と悪意の象徴】

【称号《親殺し》。永遠の富と名誉を得られると唆《そそのか》され、実の両親すら殺《あや》めたことで得た称号。正当性は皆無】

【称号《ただのビッチ》。美男と分かれば婚約者や伴侶《はんりょ》が居ても誘惑することで得た称号。尻軽で自己中心的な精神の現れ】

【称号《勘違い女》。自分が世界の中心で美少女であるという過信によって得た称号。思い上がりも甚《はなは》だしい（笑）】

他にも、シャーロットに便宜《べんぎ》を図ってもらったにも拘らず貶めたとか、自分よりも上の権力の持ち主が気に入らないとか、いっそ清々しいまでに醜い懐の内を、知らず知らずにゼオの目に詳《つまび》らかにするリリィ。

　これにはゼオもドン引きである。まさかとは思ったが、ここまで下種《げす》な人間を目の当たりにするとは思いもしなかったのだ。

（それにしても、この《王冠の神権》っていうレベル非表示のスキルって何？　調べても大したことが分からないんだけど）

【スキル《王冠の神権》。第一権能の片割れ。今はまだ眠れる力】

　全く以って意味不明である。説明から察するに今はまだ力は働いていないようだが、逆に言えば何らかの力を持っていると言える説明だ。

（それに《親殺し》の称号……唆されたって言ってたけど、一体誰に……？）

《王冠の神権》のこともあり、何やら黒幕的な存在の証左《しょうさ》に嫌な予感が浮かび上がる。しかし今は情報不足ということで、その件は一旦横に置いておく。

　当面の問題は《感情増幅》のスキルだ。これは厄介であると、ゼオも警戒せざるを得ない。

（ちょっとでも良い印象を持ったら、それを肥大化させて好感度を最大値に持っていかせるっていう奴だろ？　その逆もまた然《しか》りだ）

　演技でもいいから好感度を上げるようなところを見せるだけで、簡単に自分に心酔《しんすい》させることが出来、その後でちょっと他人の悪評を吹き込むだけで、その人を貶めることが出来る。

　対人スキルとしてはかなり厄介だろう。極めつけは、ステータスを見ても変化が現れないという点だ。

(普通、毒とか催眠とかの状態異常になったら、ステータスに表れるんだけどな)

以前、ある冒険者パーティとゲイザーという巨大な目玉のような魔物の戦いを遠巻きに見たことがある。ゲイザーが《スリープマインド》というスキルを前衛の剣士に使った途端、その剣士は後衛の仲間に斬りかかったのだが、その時の彼のステータスにはこう表記されていた。

名前：ドロイ・エルジェス　種族：ヒューマン（状態：催眠）
Lv：21

実際、ゼオも毒を食らった時、自分のステータスの種族の横に、状態異常が新しく追加されていた。しかし、今リリィを持ち上げる連中には状態異常が見られない。

おそらく、リリィが操れるのは条件付きで好感度のみなのだろう。当の本人たちは自分が思うように動いているだけであって、状態異常を起こしている訳ではないのだ。

(となると、お嬢の味方を見分ける方法も難しいな。何故か魔力関係のステータスだけは爆裂高いし、これ弱い意志しか持ってない奴はもれなくビッチの奴隷だぞ？)

しかも無駄に高いＭＰに反して、光属性の魔法全般を操れるレアスキル、《光魔法》は全く使っていないらしい。スキルは使用回数でレベルが上がるのだが、どんだけ自分磨きをせずに男漁りや人を貶めるのに勤《いそ》しんでいるのか。今ＭＰが最大値を下回っているところから察するに、今日もまた《感情増幅》を使ったのだろう。

(俺も気を付けなきゃな……というか、何でお嬢にはそのスキル使わないんだ？　いや、使っても効果が無かったのかな?)

催眠系を始めとする人の意志に介入する魔法やスキルは、使われる本人の魔力や拒絶、意志力で効果が上下するから不安定であるというのがゼオの認識だ。ドロイという冒険者も仲間のビンタ一発で正気に戻っていたし。

(さてと……もう一人も鑑定しちまうかね)

何やらリリィに対して淡く頬を染めながら慈しみの目を向けているイケメン執事だ。シャーロットがゼオに呟いた弱音を思い返せば、彼はシャーロットの専属執事だったアーストかと思われる。

名前:アースト・ワルドナー　種族:ヒューマン
Lv:23　HP:142/142　MP:150/150
攻撃:130　耐久:108　魔力:132　敏捷:287
◆スキル◆
《気配遮断:Lv6》《風刃:Lv4》《鎧化:Lv4》《影縛り:Lv2》《脚力強化:Lv7》
◆称号◆
《公爵家の執事》《恩知らず》《不忠義者》《影に生きる者》

(……このままざまぁを決行するのは危険だな。相手のステータスは俺の数倍上だ)

このファンタジー世界の執事というだけあって護衛も仕事の内なのだろう。スピードに特化した特殊型だ。

（とりあえず、お嬢を虐げた奴は称号を見れば分かるから、レベルをサクッと上げてから物理でざまぁするとするか）

しかしそれがどうしたと、ゼオは鼻息を吹く。《感情増幅》の影響を受けているのだから情状酌量の余地は多少あるが、それもシャーロットに対する不信が招いた結果だ。スキルの特性上、確固たる信頼があれば防げたにも拘らず、受けた恩を棚に上げて仕える相手を虐げた彼らは相応の報いを受けなければならないだろう。

（ざまぁを執行するのが俺で良かったな。結局のところ俺はお嬢とは別人だから、お嬢に危害を加えない限りは軽くギッタンギッタンにするだけで済ませてやるよ。……まぁ、ビッチはただじゃ済まさないけどな）

何もしなければ精々殴るくらいにしといてやろう。リリィは例外として、シャーロットに対する行いはいずれ何らかの形で彼らに跳ね返ってくるだろうし、シャーロット自身も過剰に人が傷つくことを良しとしないような気がしたのだ。それどころか、そのままなぁなぁで済ませてしまいそうな甘いところがあるようにも感じられる。

（ケジメって大事だからな。魔物の俺がやって効果があるかどうかは別だけど、関係の改善には一発殴られた方が良い時だってある訳よ。個人的には気に食わないけど、お嬢も元の関係に戻りたがってるし）

……そんな彼の寛容に対し、彼らのシャーロットに対する陰湿な行いが激化することなど、この時のゼオは気付く由もなく、館の外へと駆け出していった。

（おっとその前に）

するとと、何かを思い出したかのようにUターンをして、二人組の侍女の足元に近づくゼオ。彼女たちは先ほど、話のネタにシャーロットを侮辱した侍女たちだ。

透明化を維持したまま固い鱗《うろこ》に覆われた手を強く握り締め、ゼオは狙いを澄まして力一杯侍女の向う脛《ずね》を目掛けて打ち抜いた。

「いっ……!?　ぁ、ぁあああああっ!?」

「ちょっ!?　ど、どうし……いったぁあああああああいっ!?」

（はっ！　ざまぁっ！）

攻撃力35。成人男性並みの力で弁慶《べんけい》の泣き所を殴られた二人は涙目になりながら悶絶《もんぜつ》する。その様子にすっきりした気持ちになったゼオは、今度こそ館の外へと駆け出していった。


時は、昼頃まで遡《さかのぼ》る。

ハイベル公爵領は、代々王族が入学してきた由緒正しき学院を管理している。グランディア王国全体を見ても、王都の次の賑わいを誇る都会の中に設立された校舎は、さながら宮殿のような雅な造りとなっており、王国各地から貴族の令息令嬢が同じ学び舎《や》で勉学に励んでいた。

『まぁ、ご覧になって。あの方、リリィ様を虐げておきながらよく平然と学院へ顔を出せますわね』

『どうせ設立者一族の娘だからって、学院内でも好き勝手横暴に振る舞っているんだろ？　リリィ嬢とはえらい違いだ』

『リチャード殿下もお気の毒に……あんな身分を笠に着るだけの性悪な女を娶《めと》らなくてはならない

なんて』

少し前までは、シャーロットは王国きっての名門であり、学院の理事長を務めるハイベル公爵の息女《そくじょ》という立場にありながら、どんなに家格《かかく》の低い生徒にも礼節を忘れない、模範的な淑女として一目置かれていたのだが、今の彼女にとって学院は針の筵《むしろ》と呼ぶに相応《ふさわ》しいだろう。

朗らかな談笑を繰り広げていた学友たちは、今では汚らわしい物を見るかのような目でシャーロットを一瞥《いちべつ》しては陰口に興じている。

「……はぁ」

楽しく充実していた学び舎も、今ではひたすら居心地の悪い場所でしかない。目立たないよう、暗い表情で隅を歩くその姿は、栄えある公爵令嬢とは思えないほど哀れだ。

物語に出てくる悪役令嬢のように開き直れたら気分も楽なのだろうが、シャーロットの性格では傲岸《ごうがん》にはなれそうにない。逃げ場の無い状況が、何の罪も無い少女を蝕《むしば》んでいた。

「生徒会室に行かないと……」

本当なら、講義が終われば部屋に戻って小さな魔物に癒されたいところだが、彼女の立場がそれを許さない。

王妃教育を十五歳という異例の早さで終わらせたシャーロットは、輿入《こしい》れまでの間は、ハイベルの姓を持つ者として時間を有効に使うため、学院運営の一端を司る生徒会に、婚約者であるリチャードと共に所属しているのだが、リチャードを始めとする生徒会執行部員は皆リリィに入れ込んで仕事を放棄し、膨大な書類を全てシャーロットが処理しているのが現状だ。

真面目な彼女としてはそれを放置することが出来ず、一人でも毎日下校時間ギリギリまで残って仕事を終わらせているのだが、そんなシャーロットを手伝おうとする者は、やはり居なかった。

「……あ」

たった一人きりで生徒会室へ向かう途中、季節の花が咲く中庭に無邪気に笑うリリィと腕を絡め合うように組んだ、金髪の貴公子の姿が見えた。幼い頃からずっと恋い慕い続けた婚約者、リチャード・グランディアだ。

その周りには、リリィを愛おしそうに見つめる騎士団長であるガルバス伯爵の息子であるアレックスに、代々宰相《さいしょう》を務めるオーレリア公爵家のエドワード。元シャーロット専属の執事であるアーストに、弟のロイド。

彼らはアーストを除けば全員がシャーロットと同じ生徒会のメンバーであり、幼馴染といった近しい人物だった。

「……っ！」

髪を掻《か》き分けるようにリリィの頬を優しく撫でるリチャードの姿を見て、シャーロットは胸の奥が鋭く痛むような感覚に陥る。

彼女も婚約者を愛している身だ。だからこそ分かる。今のリチャードの目は、男として愛する人を見る目であると。

まるで腸《はらわた》を掻き混ぜられているかのような気分になる。少し前までは自分があの視線の先に居たからこそ、それが違う女に向けられていることが堪らなく悲しいのだ。

「あの……お話し中のところ失礼します……」

本当ならそのまま身を翻《ひるがえ》して走り去ってしまいたい。しかし曲がりなりにも学院事務の一端を任せられる者として、幼馴染として、家族として、婚約者として、彼らの行いを見過ごすことが出来ない。

そう意を決して話しかけたシャーロットに向けられたのは、忌々《いまいま》しい物を見るような五つの視線と、怯えるように婚約者の背中に隠れる義妹の目だった。

「君か……一体何の用だ？　私たちは取り込み中なのだが？」

「……ここのところ、皆様は生徒会の仕事を放棄されておりますが、一体どうしたのでしょう？　最近はずっとリリィと行動を共にされておりますが」

なるべく相手の神経を逆撫でしないよう、事務的で落ち着いた言葉遣いを意識するシャーロットを、彼ら全員は鼻で笑いながら見下した。

「俺たちは貴族としての生活経験が浅いリリィに、貴族としての生活を教えているんだ。弱きを助けるのが貴族の義務《ノブレスオブリージュ》というやつだろう？」

「それとも何です？　自分の分の仕事が終わらないから手伝ってほしいとでも？　これだから無能な人間は……仕事を遅らせて他人の世話になるばかりなんですから。我々は上位貴族として、生徒会などとは比較にならない書類を捌《さば》くことになるんですよ？　そのくらい出来なくてどうするんです？」

アレックスとエドワードのあんまりな言い分に、シャーロットは空のような碧眼を悲しげに伏せる。

念の為に言っておけば、シャーロットは良くやっている。本来なら既に一人で行動出来てもおかしくない時間を貴族として過ごしているリリィにかまけて仕事を放棄する彼らに代わって、書類を全て処理しているのは他でもないシャーロットなのだ。

少なくとも、任された仕事すら全うしていない彼らに、シャーロットを嘲笑う権利はどこにもありはしない。

「で、ですが、リリィが貴族となり、学院に通うようになってからもう一年が経ちます。そろそろ一人でも行動出来るようになっておくべきですし、皆様にも婚約者の方がいらっしゃるではないですか。あまり一人の女性と行動を共にしていては、品位を疑われてしまいます」

至極尤《もっと》もな言い分である。婚約者が居る者が他の異性と行動を共にし過ぎれば、双方にどのような印象を持たれるかは想像に難くはない。

今回の場合は、リチャードたちは婚約者を放り出して浮気する男、リリィは婚約者が居る高位貴族の男に言い寄る女と、既に悪い印象を持たれていてもおかしくないのだ。

いつまでも庇護《ひご》し続けることが良いことではない。互いの為にも適切な距離を取ってほしい。そう願っての忠言だったのだが、突如リリィは両手で顔を覆って涙声で叫んだ。

「ひ、酷いわお義姉様！　私みたいな平民上がりは近づいただけでリチャード様や皆の品位を貶めるなんて！　絆を育むことに生まれなんて関係ないじゃない！　身分が釣り合わなければ仲良くなってはいけないなんて、どうしてそんな悲しいことが言えるの!?」

「え……？　あの、誰もそのようなこと……」

単なる貞操観念の話をしていたはずなのに、何故か格差問題に関する大袈裟な話になりつつある。

シャーロットの言い分を曲解して勝手に騒ぎ始めたリリィの誤解を解くように言葉を重ねようとしたのだが、返ってきたのは怒声だった。

「リリィ!?」

「貴様……！　義理とはいえ、それが姉の言うことか!?」

そしてパシンッ！　という鋭い音と共に頬に痛みが走る。地面に倒れ込んだシャーロットが見上げたのは、憤怒《ふんぬ》の表情で平手を振り抜いたリチャードの姿だった。

「姉上！　リリィ姉様に謝ってください！　私たちの絆を下世話な目で見るなんて酷いと思わないんですか!?」

「リリィ様、ハンカチで涙《これ》をお拭きください。貴女に泣き顔は似合いません」

「これだから生粋《きっすい》の貴族女は嫌なんだ！　言葉ばかり奇麗に繕《つくろ》って、心の中では人を見下す！　少しは純朴なリリィを見習えってんだ！」

「こんな醜い女とつい最近まで親しくしていたのかと思うと、我が事ながら反吐《へど》が出ますね」

弟が、従者が、幼馴染がありったけの侮蔑の視線を、正論しか言っていないシャーロットに向ける。彼らにとってリリィを泣かせた……ただそれだけで罪になるのだ。

「我々が誰と親しくなろうと勝手だろう!?　一体どうしてこんな身分を笠に着るような権力欲の塊が私の婚約者なのだろうな!?　リリィのような分け隔てなく優しく接することが出来る人が伴侶ならどれだけ良かったか！」

そんな彼らの中心でリリィの肩を抱きながらこちらを見下ろすリチャードの言葉は、シャーロットの心を深く傷つけた。

義妹の登場によって、愛する婚約者の心が離れていっていることは察していたが、こうもハッキリと婚約している事実を嫌悪する言葉を浴びせられたのは初めてだったのだ。

零れそうになる涙を晒《さら》さぬように俯《うつむ》き震えるシャーロットに気付くことなく、リチャードたちは罵声《ばせい》を放つだけ放ってからフンッ！　と鼻を鳴らして、リリィを慰めながらその場から立ち去っていく。

……その両手とハンカチで隠された口角が、醜く吊り上がっていることに気付きもせずに。

ざまぁをしたらレベルが上がって進化しました

（今思ったんだが……ビッチが帰ってくるのはやけに早かったたな。お嬢はいつも生徒会で遅い時間まで帰ってこないのに……貴族になって一年しか経ってないのに、習い事とかしなくていいのか？）

ゼオはそんなことを考えながら、ハイベル公爵家の館の敷地内にある山を飛んで越えていってい た。

人間の足なら何時間とかかるであろう山道も、《飛行強化》のスキルによって、文字通り飛行能力が大幅に上がっているゼオならば、山一つ越えるのに一分とかからない。

（お嬢の話だと、山一つ越えないと魔物が出ない仕掛けがあるって話だったたな。とりあえずそこまで行かないとレベル上げが出来ねぇ）

以前、窓から山を眺めていた時、山林と隣接しているこの館が魔物に襲われたりしないのか気になったゼオは、必死に山を指さすジェスチャーでシャーロットから教えてもらったことがある。

何でも、この世界には魔物除けという魔道具が存在するらしく、魔物が出現しやすい森や山を領地に持つ貴族には必要不可欠な代物なのだとか。

『あの山一つ分まで効果はありますが、そこから先は危険なので行ってはダメですよ？　…………あら？　そう言えば、どうしてゼオは魔物除けを掻い潜《くぐ》って館まで来れたのでしょうか？』

実は魔物除けというのは、人間よりも遥かに優れた野生生物の本能的直感を逆手に取り、ここから先は危険だという誤認を与える魔道具なのだが、地球の平和な日本の男子高校生としての意識が強く残るゼオは本能も人間並みになっており、魔物除けが効かなかったりするのだ。

（まぁ、お嬢の忠告を無視することになるけど、戦って経験値貰わないとレベル上げて物理でざまぁ出来ないからな。魔物の体で政治的商業的なざまぁは割と無茶があるし）

言語を理解しても話せないのでは無理もない。とにかくシャーロットを守り切るだけの強さを得るためにゼオが訪れたのは山を越えた先にある森。

途中で渓流が見えたことから、ゼオが元々居た山との間にある森なのだろう。《透明化》のスキルを使い、探索を開始すると、運良く絶好のカモである魔物の群れを発見した。

種族：グレイウルフ
Ｌｖ：９　ＨＰ：32／32　ＭＰ：21／21
攻撃：13　耐久：10　魔力：12　敏捷：56
◆スキル◆
《鼓舞の咆哮：Ｌｖ１》《嗅覚《きゅうかく》強化：Ｌｖ８》《裂撃強化：Ｌｖ４》《脚力強化：Ｌｖ４》
◆称号◆

《群れのボス》《血に飢えた飢狼《がろう》》

灰色の体毛と二本の尾を持つ狼型の魔物たちだ。その中でも一際大きい個体が群れのボスのようだ。称号にあるのもそうだが、《鼓舞の咆哮》という、味方全体の攻撃力を上げる、いかにもボスらしいスキルを持っている。

総勢十体ほど。残りはステータスやスキルレベルの低い個体ばかりで、数以外は脅威にはならないだろう。

「バウッ!! アオォォォォォォォンッ！」

そしてグレイウルフたちは一斉に透明化しているゼオの方に振り向き、ボスはＭＰを消費して群れの攻撃力を上げる。視界から姿を消すスキルであっても、高レベルな《嗅覚強化》の前では意味が無い。狼というだけあって、ボス以外の個体も《嗅覚強化》のレベルは大差ないのだ。

「グワァァアアァッ!!」

見縊《みくび》るな！　ゼオは大きく口を開き、前方一帯に霜が降るほどの《冷たい息》を吐き出して、向かってくるグレイウルフたちにダメージを与えながら体表を凍りつかせて動きを阻害する。

（くたばれオラっ！）

「ギャインッ!?」

反撃に驚いたこともあって立ち止まったグレイウルフたちの中でも、先頭を走っていた個体の顔面を一発二発と殴り飛ばし、今度は直線に走る電撃を口から吐き出してもう一体を感電死させる。

「バウッ！　バウッ！」

（うおっ⁉　こ、この野郎⁉）

　その隙を狙ったのか、一体のグレイウルフがゼオの死角から飛び掛かってきた。体格差はおよそ二～三倍、体重を乗せられては、ゼオには押し除《の》けることも出来ないマウントポジションに勝利を確信し、確実に息の根を止めるために首筋を狙って牙を突き立てようとするあたり、彼らは頭の良い魔物であるのは確かなのだろう。

（させるか、死ね！）

　そんな灰色の狼の顔面目掛けて、今度は拳二つ分の大きさの火球が吐き出され、着弾と共に爆発する。声も上げられずに力尽きて倒れるグレイウルフを押し除けると、ゼオは次の敵に向かって走り出した。

　スキル《火の息》《電気の息》《冷たい息》。口から息吹を吐き出すという点では同じだが、口から放たれた先の攻撃方法には違いがある。

　着弾と共に爆発する火球と、直線的に遠くまで届く電撃線は威力が高く、逆に《冷たい息》は他の二つと比べると威力不足ではあるが、動きを阻害することと広範囲に向かって継続的に吐き出し続けられるのが強みだ。

　この一対十以上の戦い。ゼオが殴る噛みつく引っ掻くしか出来なかったら、数の利で負けていただろう。そうならないように、ゼオは遠距離攻撃が可能で威力も出る三つのスキルを《技能購入》で購入したのだ。

　……もっとも、ただ単にカッコ良さそうだからという理由も否定出来ないのだが。

「ガァァッ！」

「ギャンッ⁉」

スキルのレベルを上げる為にも三種の息を駆使して狼たちを打ち倒したゼオ。最後に残ったボスの顎を下からアッパーで打ち上げ、そのまま空中で横回転することで頭を尻尾で強打。倒れ伏したボスに向かって、着地前に火球をぶつけて止《とど》めを刺すという割とスタイリッシュな倒し方をしてから華麗に着地した。

(やべぇ……今の三連撃かなりカッコ良くなかった?)

そんな自画自賛なことを考えながら、もう周囲に敵が居ないことを確認すると、ゼオは《ステータス閲覧》を発動する。

名前:ゼオ　種族:キメラ・ベビー
Lv:14　HP:48/62　MP:4/54
攻撃:45　耐久:43　魔力:44　敏捷:45　SP:254

◆スキル◆
《ステータス閲覧:Lv――》《言語理解:Lv――》《鑑定:Lv――》《技能購入:Lv1》《火の息:Lv3》《電気の息:Lv3》《冷たい息:Lv4》《透明化:LvMAX》《飛行強化:LvMAX》
◆称号◆
《転生者》《ヘタレなチキン》《令嬢のペット》

敵が大量だったこともあり、スキルレベルとSPが良い具合に上がってゼオはご満悦の表情を浮かべる。

（レベルはそこまで上がってないけど、まぁ格下との勝負だったからな。それよりも次は《技能購入》っと）

《毒耐性：Lv1》　必要SP：120
《精神耐性：Lv1》　必要SP：100
《打撃強化：Lv1》　必要SP：150
《鼻歌上手：Lv1》　必要SP：10
《威嚇の咆哮：Lv1》　必要SP：75
《ウザい踊り：Lv1》　必要SP：10
etc《エトセトラ》.

頭の中に明確なイメージとしてズラリと現在取得可能なスキルが必要なSPと共に並ぶ。ところどころ変なのが交じっているが、そこは気にしない方向で。

（とりあえず、《毒耐性》と《精神耐性》は必須だな。毒系全般と精神干渉全般を防げるとか、汎《はん》用《よう》性も高そうだし）

SPが殆《ほとん》ど無くなるが、これも必要経費だと割り切って迷わず購入。ステータスのスキルの項目に新しく追加されているのを確認すると、ゼオは満足そうに頷いた。

（耐性スキルとか強化スキルはもっと増やしていきたいな。MPも使わずにステータスに補正がかかるし）

ゼオは大まかにスキルをMPを消費して発動する任意発動型とMP無しでも効果を発揮する常時発動型の二つに分けている。

基本的に耐性や強化と付くスキルが常時発動型で、それ以外が任意発動型だ。中には《ステータス閲覧》や《鑑定》のようにMPを消費しない任意発動型もあるが、それらは少数派だろう。

（さて……まだレベルは上げ足りないけど、そろそろ帰るか。昼間は殆ど屋敷の探索で潰しちまったからなぁ）

既に夕焼けが地平線に溶け込もうとする時間帯。ゼオは夕食の時間を見計らって、急いで山を飛び越えていった。

今日から始めておこうと前々から考えておいた日課に、食事の配膳《はいぜん》を監視するというものがある。恐らく……というよりも、十中八九リリィが原因で、シャーロットは使用人からも疎まれている。ならば、配膳の際に料理に何か変な物を仕込むシェフやメイドが居てもおかしくないのではと思い当たったゼオは、《透明化》のスキルを使って厨房内の様子を見張っていた。

（今日はビーフシチューか……腹減ってきたなぁ）

ゼオの食事はシャーロットの分から分けてもらっている。恩人の食べる量が減っては心苦しいと遠慮したこともあるのだが、精神的に参っているシャーロットは食欲が落ちているようだ。華奢《きゃしゃ》な少女という点を考慮しても、明らかに食事が喉を通っていない。

（その分俺が食える量が増えるのは良いけど、半分も食べない内に食欲が無くなるのは心配だからな。今日はレベル上げのついでにお土産も用意したし、喜んでくれるといいんだけど）

そんなことを考えていると、厨房内の様子に動きがあった。

「ケリィ、俺は少し出るから先に盛り付けといてくれ」

「はい、分かりました」

トイレにでも行くのだろうか、シェフがその場を後にし、厨房に居るのはケリィとゼオだけになる。配膳用のカートに湯気の立つビーフシチューが盛られた皿やパンなどを次々と載せていき、最後にその脇にトレイを置く。

（お嬢の分の盛り付けかな？）

そのトレイは、いつもシャーロットの部屋の前に置かれているトレイだ。

今の公爵家の食卓は、生徒会で忙しいシャーロットの帰宅を待たずに食事を始める。それは仕方ない部分もあるのだが、何とここの使用人は温め直すという発想が無いのか、それとも面倒臭がっているのか、公爵家の人間に配膳するついでのようにシャーロットの部屋の前に料理を放置するのだ。

結果的に、シャーロットはいつも冷や飯を食べさせられる羽目になっている。とても仕えている家の娘にする仕打ちではない。どうにか出来ないものかと悩んでいると、ケリィの様子がおかしいことに気が付いた。

「今日も学院でリリィお嬢様を悪く言うなんて……やっぱりとんでもない悪女みたいね。未来のリリィお嬢様の専属侍女として、私が懲《こ》らしめなくちゃ」

そんなことをブツブツ呟きながらケリィは厨房の隅に歩み寄る。そこには害虫や害獣駆除用の粘着性の罠が仕掛けられており、それをシャーロットの皿の上に持っていく。

（ちょっ⁉　お前まさかっ⁉）

用意していたらしい、ポケットから取り出した木の枝で中を突き、コロリと白い皿の上に茶色いゴキブリの死骸《しがい》が転がり落ちる。ケリィはそのまま素知らぬ顔でゴキブリ色の皿の上にビーフシチューを盛り付けた。

（や、やりやがった……！　やりやがったなこのクソアマ！）

ゴキブリの死骸をシャーロットに食べさせようというのか。使用人としても人間としても女としてもやってはいけない行いに、ゼオの怒りに火が点《つ》いた。

（許さねぇ……俺がぶち殺してやる！）

ざまぁ執行確定。情状酌量の余地無しと判断したゼオは、とりあえずトレイの上に載っているゴキブリ入りビーフシチューとカートの上に載っている普通のビーフシチューをこっそりと入れ替える。

（まさか皿の中身を捨てる訳にもいかないしな。もうビーフシチューは残ってないし）

空になった鍋を飛びながら見下ろし、その取っ手を掴んで持ち上げる。そのままケリィの背後に忍び寄ると、気付かれない内に素早く彼女の頭から鍋を被せた。

「きゃあああっ⁉　な、何⁉　何なの一体⁉」

業務用の大鍋なだけあって、細身の人間の上半身ならば覆い隠せる大きさだ。突然目の前が真っ暗になったケリィは、髪や肌から白いエプロンドレスまで、鍋の内側にこびりついたビーフシチューで茶色に染めながら混乱しているのだろうが、その程度で終わらせるつもりは毛頭ない。

（お嬢の家から人死には出さねぇ……お嬢の外聞まで悪くなるからな。だが痛い目には遭ってもらおうか！）

時間経過によりMPは回復している。ゼオはケリィの上半身を覆い隠す大鍋に向けて、全弾撃ち尽くす勢いで《火の息》を連射した。

（おらおらおらおらおらおらおらおらおらおらぁっ!!）

「きゃあああああああっ!?　いやあああああっ!?」

ドゴゴゴゴゴゴゴゴッ！　と、小さな爆発が連続でケリィを鍋越しに翻弄《ほんろう》する。

攻撃系スキルは消費MPを絞ることで威力を小さくすることが出来る。それに加えて、鍋が鎧になって思うほどのダメージは無いだろう。

しかし、狭い空間に轟《とどろ》く爆発の衝撃と轟音《ごうおん》は尋常ではない。もはや立っていることすらままならないケリィは、鍋に上半身を収めたまま身を丸くし、突然降りかかった災難が通り過ぎるのを怯えて待つしかない状態だ。

（ちっ！　MP切れか……だったら次は肉弾戦に移行させてもらうぜ！）

「いやあああああああっ!!　もう止めてぇえええええええっ!?」

（おらおらおらっ!!　泣きながらごめんなさいと言えぇぇえええええええっ!!）

MPが尽きて《透明化》のスキルを維持することしか出来なくなったゼオは、鍋の上からケリィを殴る、蹴る、尾で叩く、しまいには両手でゴロゴロと転がしながら、未だに何が起きているのか理解出来ない不忠義で恩知らずな侍女をこれでもかというくらいに弄《もてあそ》んだ。

「ちょっと!?　何があったの!?」

（ちっ！　もう人が来やがったか）

騒ぎを聞きつけて厨房の扉を開いたメイドに舌打ちをする。これだけ騒げばそれも当然だが、ゼオとしてはまだざまぁがし足りない。運良く難を逃れたカートをケリィに向けて張り倒してやろうかと思いもしたが、食べ物に罪は無いとケリィに対する皮肉を込めながら溜飲《りゅういん》を下げ、ゼオは慌ただしくなった厨房からシャーロットの食事が載せられたトレイを持ち出し、厨房を後にする。

（こういう時の透明化ってマジ便利）

《透明化》のスキルは、レベルが最大値になることで、持っている物も透明にすることが出来る。

他の侍女に持っていかせられる気分にならないゼオは、悠々と部屋へ戻っていった……その時。

【ざまぁ成功によりレベルが上がりました。レベルが15に到達したことにより、キメラ・ベビーはプロトキメラに進化します】

（え？）

突如、頭の中にそんな声が響く。『俺って進化して大きくなるの？』という妙に見当外れなことをぼんやりと考えていると、ゼオの体は公爵家の廊下のど真ん中で光り輝き始めた。

ざまぁは連鎖する

透明化していて本当に良かったと、急いでシャーロットの部屋に戻ってきたゼオは、今までで一番このスキルのありがたみを噛みしめていた。

（知らなかった……ざまぁをしたらレベルが上がるなんて。その上進化するなんて、こんなの一度も無かったぞ）

むしろ知らなくて当然であり、予想しなくて当たり前である。どこの世界に仕返しをすればレベルが上がる魔物が居るのか。悲しいことに、それはゼオのことである。

進化と聞いて姿見を見てみたが、外見が変化しているようには見えない。とりあえず《ステータス閲覧》を使ってみると、ゼオは思わず目が飛び出そうになった。

名前：ゼオ　種族：プロトキメラ
Lv：1　HP：135／135　MP：127／127
攻撃：97　耐久：95　魔力：98　敏捷：93　SP：34

◆スキル◆
《ステータス閲覧：Lv一一》《言語理解：Lv一一》《鑑定：Lv一一》《進化の軌跡：Lv一一》《技能購入：Lv2》《火の息：Lv5》《電気の息：Lv3》《冷たい息：Lv4》《透明化：LvMAX》《飛行強化：LvMAX》《毒耐性：Lv1》《精神耐性：Lv1》
◆称号◆
《転生者》《ヘタレなチキン》《令嬢のペット》

（え……えらいことになっとる……！）

レベルこそ1になっているが、《技能購入》のレベルが上がり、ステータスも大幅上昇している。

その上、先ほどケリィに《火の息》を連射して無くなっているはずのMPも最大値が大幅に上がっている上に完全回復しているのだ。上手く立ち回れれば、アーストなら普通に倒せそうな気がする。

（その上、新しいスキルも増えてる）

《ステータス閲覧》などと同じく、レベル非表示のスキルだ。前例を考えれば、これも役に立つスキルなのだろうか。ゼオはとりあえず発動してみた。

【インセクトキメラ】　進化Ｌｖ：25　必要スキル：《複眼》《触覚》
【ビーストキメラ】　進化Ｌｖ：25　必要スキル：《剛獣毛》《嗅覚強化》
【ドラゴンキメラ】　進化Ｌｖ：40　必要スキル：《竜鱗》《火の息》
ｅｔｃ．

どうやらこれから先の進化する種族と、進化に必要なスキルが表示されるらしい。種族の詳細情報と進化後の姿まで表示されるという嬉しいオマケ付きだ。

（虫系の魔物や獣系の魔物に特化して体を変えたり出来る進化……なるほど、キメラってこういう種族な訳か）

ゼオはこの世界におけるキメラの特性を理解しつつあった。どうやら進化を繰り返せば、あらゆる生物の体に全身、または腕などの一部を変化させることが出来るらしい。

一系統に特化したキメラに進化しないのであれば、肉体に依存するスキルならほぼ全部取得出来るかもしれない。腕をゴリラのような剛腕に変化させて打撃力を上げたり、顎をワニのように変化させて噛む力を上げたりすることも可能だろう。

（《技能購入》を見てみても、レベルが上がって進化に必要そうなスキルが増えてる……。でも全身から鎧にもなる剛毛を生やしたり、目を複眼にしたりする肉体を変化させるスキルって結構高いのな……。この竜の鱗を全身に生やすってやつ、必要ＳＰ２５００だし）

他にも両生類系のキメラや鳥系のキメラなど、レベルを除けば現状スキル不足で進化条件が揃っていないラインナップの中で、一つだけレベルさえ上げれば進化可能な種族を見つけた。

【バーサーク・キメラ】　進化Ｌｖ：30　必要スキル：無し
【理性を失った生粋の魔物。あらゆる種類の魔物の力を振るい、本能のままに破壊の限りを尽くす。正気を取り戻すには女神の加護が必要という伝承があるが、事の真偽は不明】

これは無い。ゼオはすぐさまバーサーク・キメラを進化の選択肢から外した。体は魔物でも、心は人間であるというのがゼオの矜持《きょうじ》である。

その上、進化後の姿を見てみれば、このバーサーク・キメラだけやけに大きくなるみたいなのだ。これではシャーロットの部屋に住むことも出来なくなるし、《透明化》のスキルも効果を発揮しきれない。

（という訳で、こんな進化は無しだ。やっぱり、頑張ってＳＰ貯めてドラゴンキメラに進化するべ

きか……男のロマン的に。いや、でも急に姿が変わったらお嬢に何て説明すれば……うぅん）
頭を捻りながら一つ一つの項目を入念にチェックしていく。すると、まるで天啓のような進化先が目に留まった。

【ヒューマンキメラ】　進化Ｌｖ：30　必要スキル：《人化》《言語理解》
【人間をベースにした言語を解するキメラ。体の一部や全身を魔物に変化させて戦う、高い理性と知能を兼ね備えた最終進化形態。スキルを使わない限りは普通の人間と外見上の違いは無いので、普通に街に溶け込んで生活している個体も居るらしい】

（人化キタアアアアアアアアアアアッ！　まさに俺の為のスキル!!）

今日まで何度人間に戻りたいと思ったことか。この世界に転生し、言葉が通じない上に魔物の体であるが故に、人間に攻撃された苦い記憶が蘇る。

何せ「こんにちは」と言いたくても、「ガァッ」と鳴くことしか出来ないような体なのだ。シャーロットともまともに言葉を交わすことが出来ず、伝えたいことも伝えられなくていつもヤキモキしていた。

しかしヒューマンキメラにさえ進化してしまえば、それらの問題は全て解決。実質人間に戻れるかのような進化先に、ゼオのテンションは鰻《うなぎ》登りである。

（しかも進化後の姿を見てみても前世の俺と大差無い姿……これはもう、異世界転生ならぬ異世界転移状態になると言っても過言ではないだろ！　更にラッキーなことに《言語理解》はもう持ってるし、後は《人化》のスキルさえ購入しちまえば――――!)

《人化:Lv1》 必要SP:15000

世の中、そう簡単に事が運ぶこと自体が珍しいらしい。ゼオはまた一つ大人へと近づいたのだった。

リリィがコナーという姓を名乗っていたある日、自分の父親がグランディア王国でも誉れ高い公爵家の生まれであることを知った。

当時貧しいというほどではないが、代り映えのしない毎日に強いお姫様願望を抱いていた彼女は、父の伝手《つて》を使って自分を公爵家の養女にしてほしいと頼み込んだ。

退屈な平民生活ではなく煌《きら》びやかな貴族の生活を満喫したい。家を出奔したとはいえ、仲の良い兄弟だったハイベル公爵と父は今でも手紙のやり取りをしているらしい。

ならば娘の幸せを願い、温かく送り出してやるのが親の務めだろう。リリィはそのことを一切疑うことなく両親に直訴したのだが、その返答は彼女が望むものではなかった。

『貴族というのはリリィの思うような世界ではないよ。平民の血が混じるリリィには少なからず非難の目を浴びせられるし、政略結婚の要員としても、ハイベル家は既に二男一女の子を儲《もう》けている。特にシャーロットという僕の姪はまさに令嬢の鑑のような子なんだ。兄さんとしても、理由も無く養女を迎えるようなことはしないだろう』

リリィは憤慨した。自分の体には公爵家の血が流れるという、まるで市井《しせい》で流行《はや》っている身分差を越えた恋物語の主人公のような境遇だというのに、何故幸せへの道を途絶えさせようとするのか。物語のヒロインは劇的な出会いを果たして成り上がっていき、最後には美しい王子様と添い遂げる。その近道として公爵家に養女を出すことを頼んだというのに、娘の幸せが何たるかをまるで考えようとしない両親などもう要らない。

……血筋だけを頼った庶民が受ける冷遇を考慮してと両親は言っていたが、煌びやかな生活を夢見るリリィの耳には届いていなかった。

『私が欲しい物を生まれつき全部持ってるなんてズルい』

そして、その怒りは妬《ねた》みに変わり、会ったこともないシャーロットへと矛先が向けられる。いくら説得しても分からず屋の両親は首を縦に振らない。一体どうすればいいのかと途方に暮れていたある日、彼女の下に天啓が舞い降りる。

【可哀想なリリィ。本当はこの世の誰よりも高貴な女性になれる素質を持ちながら、大人たちに翻弄されて市井に埋もれようとしているなんて】

頭の中に響いたその声は、慈悲に満ち溢れているように感じられた。一体貴方は誰なのか……そう問いかけるリリィに声の主は答えた。

【私はこの世界の導き手にして人類を守護する者。君にも分かりやすく言えば、宗教にて奉られて

いる神と言えば分かるかな？　可哀想な君を見かねて、君が望みを叶えて誰よりも輝くためのスキルを与えに来たんだ】

その言葉にリリィは有頂天になる。神様はやっぱり正しく生きようとする者を見ていてくれたんだと。

スキルというのは人類が十歳前後までに、または生まれ持って得られる特殊能力で、それによって使える魔法が変わってくるらしい。

とは言っても発現する割合は半分ほど。適齢期の子供は教会でスキルの有無と詳細を知ることが出来るのだが、残念なことにリリィにはスキルが存在しなかった。

修練によって後天的に得ることも出来るのだが、努力することが面倒なリリィは早々にスキルを諦めざるを得なかったのだ。

スキルを与えるから誰よりも高貴な女になれ。それを神託として受け止め、リリィはその言葉に従うことを決める。

【だがせっかくのスキルも注目される機会が無ければ意味は無い。公爵の目に留まり、養女として引き取ってもらうためには、何か悲劇的な出来事が必要だ。……例えば、両親の死とかね】

そんな簡単なことでいいのかと、リリィはその悍ましい精神性を発露《はつろ》する。何せ娘の幸せの邪魔をするような両親なのだ、死ぬことによって娘の幸せの礎《いしずえ》になれるというのなら、親としては本望だろう。

そう自分勝手に決めつけたリリィは、眠っている両親を強盗の仕業《しわざ》に見せかけて包丁で殺害。家に住み続けることが出来ずに移り住んだ孤児院で、神様から貰った《光魔法》のスキルを使って注目を集めれば、すぐにハイベル公爵の目に留まり、弟夫婦を殺した本人とも知らずに養女として引き取ってくれた。

そこから先は簡単である。人から好かれやすくなるというスキルを最大限に駆使して、貴族を始めとする大勢に取り入って、誰からも愛される心優しい少女を演出した。

その一方で、妬んでいたシャーロットの悪評を吹き込めば、シャーロットを貶めて評判を下げることも忘れない。何せ少し周りにシャーロットの悪評を吹き込めば、簡単に信じてくれるのだ。嫉妬していた相手が落ちぶれていく姿は見ていて実に清々する。

『何か困ったことがあれば、いつでも言ってくださいね。今日から私は貴女の姉になるのですから、遠慮せずに頼ってください』

何一つ邪気の無いその言葉すら払い除けたリリィ。それどころか、両親や兄弟、使用人に幼馴染、果ては愛する婚約者とそれに伴う王妃の座に就く未来、何もかもを奪ってやった時のシャーロットの泣きそうな顔は、今思い出しても笑いが止まらないくらいだ。

まさに人生の隆盛期。やっぱり私はヒロインの如く選ばれた人間なのだと、今日も満足げに一日を終えようとした日の夕食時。

「ねえ、厨房の方が何だか騒がしかったけれど、何かあったの？」

「実はメイドのケリィが転んだ後に不運の連続に見舞われたみたいで……こう、頭から鍋を……」

「えぇ⁉　ケリィは大丈夫だったの⁉」

「はい、ご心配なく。幸い記憶が混乱している以外は怪我もしていません。ただ、少し怖い思いをしたようなので、今日は休ませております」

善人の仮面を張り付けて侍女の心配をする優しい令嬢の印象を与えた後、リリィは公爵家一同が揃う食堂で、かつてシャーロットが座っていた席に座り、目の前に運ばれてきた贅沢な料理を楽しむ。

手間や材料費のかかるビーフシチューなど、平民時代には馴染みの無かった料理だ。貧乏臭い実の母親が作った手料理などとは比べ物にならない、専属料理人が作った高級食に舌鼓《したつづみ》を打っていると、ガリッと奥歯が硬く脆《もろ》い何かを噛み切った。

「リリィ？　一体どうしたんだい？」

「んぶっ⁉　ぺっ！」

公爵家の跡取りである義兄のルーファスが心配そうに声を掛けるのを余所に、リリィは口の中の異物を紙ナプキンに向かって吐き出す。それは触覚とトゲだらけの脚が生えた、茶色い台所の天敵。

「い、いやあぁあああああああああっ⁉」

「リリィ⁉」

「ゴ、ゴキブリ⁉　どうしてそんな物が⁉」

真っ二つに噛み千切られたゴキブリの死骸がテーブルへと転がり落ちる。穏やかな食卓は一瞬で騒然となり、一家や控えていた使用人が揃って右往左往する中、渦中に居るリリィはゴキブリという著名な害虫を噛み潰したという生理的嫌悪感から胃の奥から何かが逆流し。

「うぶっ⁉　おげろろろろろろろろぉっ⁉」

「リリィ⁉　しっかりして、リリィ‼」

「誰か！　リリィの介抱を‼」

喉が胃酸で灼《や》ける感覚を味わいながら、ショックで足の力が抜けたリリィは自ら吐き出した吐瀉《としゃ》物《ぶつ》に顔を沈める。自身を襲った災難に対する不満も、今この時ばかりは思い浮かばなかった。

何やら食堂の方が騒がしい。ゼオがそんなことを考えていると、またしても頭の中に声が響いた。


【ざまぁ成功によりレベルが5上がりました】


（何でだ⁉）

嬉しい誤算ではあるが、急に来られてはビックリする。どうせ食べる前に気付くだろうと思っていたゴキブリ入りのビーフシチューが、まさかリリィの口の中に入ったとは夢にも思わないゼオは、一体何故急にレベルが上がったのかと頭を捻る。

そんな時、遠くから聞こえる喧騒《けんそう》に混じって、静かな足音がこの部屋に向かってくるのが聞こえてきた。

（お嬢が帰ってきたのかな？）

リリィと違い、シャーロットを出迎える使用人は今の屋敷には一人も居ない。夜遅くに一人で帰ってくる彼女は、面倒臭そうな態度の門番の脇を横切って、部屋から近い位置にある裏口から出入りしているのだ。

「ガァッ」

俯きながら部屋に入ってきたシャーロットに対して片手を上げる。おかえりという意味を込めて出迎えたゼオを見て、シャーロットの瞳が揺れたかと思えば、彼女は膝をついてゼオを抱き締める。

「…………っ！」

（お、おい？　どうした？　何かあったのか？）

ゼオは鳴き声を上げようとして、止めた。必死に押し殺された嗚咽《おえつ》と、顔に押し付けられた華奢な肩が震えていることに気が付いたからだ。

どのくらいそうしていただろうか？　震えが治まるようにと、翼や手でシャーロットの肩や背中を撫でていると、シャーロットはゼオを腕から放して作り笑いを浮かべる。

「ただいま、ゼオ。今日も良い子で待っていてくれましたか？　あ、夕食取り込んでおいてくれたんですね」

先ほどの抱擁《ほうよう》が、単なる挨拶代わりであったかのように振る舞う彼女を見て、ゼオは胸が苦しくなった。

「ガァッ！　ガウッ」

「ん？　どうかしましたか？」

何でもないかのような様子など虚勢であると、事情が分からなくても理解出来る。

こういう時、言葉が通じれば問い詰めることも出来ただろう。励ますことも出来ただろう。しかし、こんな魔物の体ではそんな簡単なことすら出来やしない。

「……ギャウ」

ならばせめて、出来ることだけでもしてやりたい。ゼオは机の上に飛び乗り、そこに置いてあったブドウのように一口サイズの実が連なった真っ赤な果実をシャーロットに差し出した。

【グランドベリー】
【通称、希望の果実。濃厚な甘みと仄《ほの》かな酸味を併せ持つ、栄養価の高い食用の実。遭難した旅人が栄養失調で倒れ伏した時に偶然発見し、救助されるまでの半年間をグランドベリーだけで凌《しの》いだという逸話はあまりに有名。現状では栽培は不可能な希少品】

魔物にも人間にも大人気なこの美味な果実は、転生したてで狩りが上手く出来なかったゼオも大変世話になった。この実の実態を知れたことが、《鑑定》スキルの一番の手柄と言っても過言ではないくらいだ。

手に入れるには争奪戦や早い者勝ちが当たり前のレア物だが、レベル上げから帰る途中に運良く見つけることが出来た。これなら食欲が落ちて顔色が悪くなっているシャーロットには丁度良いだろう。

「グランドベリー……もしかして、これをわざわざ私の為に採ってきてくれたのですか……？」

「ガァッ」

大きく頷いて肯定すると、シャーロットは一瞬泣きそうになりながらも受け取り、宝物のように胸に抱いて笑った。

「…………」

ドクンッと、ゼオは不意に胸の鼓動が大きくなったような気がした。そして想う。こんな小さな施しだけで泣きそうになる彼女を、今度は俺が守りたいと。

「……ありがとう、ゼオ。……さぁ、一緒に食べましょう。貴方が手ずから採ってきてくれたのなら、きっと美味《おい》しいでしょうから」

「ギャウッ」

ベッドの端に隣り合って座り、共に食べたグランベリーは、少なくとも冷えた食事の何万倍も美《う》味《ま》く感じられた。

第二章
神すらざまぁされた物語

ヒューマンキメラに進化しよう。ゼオは心にそう固く誓った。

いくら物理的暴力でざまぁを繰り返しても、シャーロットの心の傷を癒すには程遠い。もし仮にリリィの死によってスキルの影響が無くなっても同じことだろう……受けた痛みが無くなる訳ではないし、過去が覆る訳でもないのだ。

そんな時、シャーロットが前へと進むには誰かの支えが必要となるのではないのか。その支えになろうという者は、現状自分しか居ない。そしてそれは、言葉を発することも出来ない魔物の体では到底成し得ないことだ。

(とりあえず、SPを15000ほど貯めるしかない)

個体や種族にもよるが、魔物一匹につきSPが20前後貯まるものと仮定して、約七百五十体ほど倒さなければならない。それに加えて必要なスキルを購入するための経費を計算すれば、もっと倒さなければならないだろう。

(でも焦る必要は無いな。いや、急ぐに越したことはないんだろうけど、それよりもまずお嬢を守り切ることが前提だからな。スキル代ケチってお嬢に危害を加えられました、じゃ話にならない)

進化して人間社会に馴染んでも、シャーロットが傷つけられては意味がない。とは言っても節約はしなければSPが貯まらないので、本当に必要なスキルだけを吟味して購入するスタンスを取ることにした。

（さて……早速SP稼ぎとレベル上げに行きたいところなんだけど）

カーテンは風に踊り、燦燦《さんさん》と陽光が降り注ぐ日中の日陰となる森を窓から眺める。いつもならシャーロットは学院へ向かっている時間なのだが、彼女は今机に向かって何やら紙に書き込んでいた。邪魔にならないように飛んで頭上から覗き込んで見ると、どうやら学院生徒の要望を纏めたものを参考に、学院運営側へ提出する書類を制作しているらしい。

今日は休日。大抵の生徒が遊び惚《ほう》ける中、シャーロットは家にまで仕事を持ち帰って忙《せわ》しなく過ごしていた。

「ガァ……」

ゼオは無念そうに鳴く。一人忙しそうにしているシャーロットを手伝ってやりたいところだが、スキル《言語理解》は言葉や文字を翻訳《ほんやく》するだけで、異世界の文字を書くことは出来ない。そもそも、ゼオは五本の指があるものの、骨格が人間のそれと異なるのでペンを上手く扱えないのだ。

（ていうか、それ生徒会の仕事だろ？　会長とやらをやってる婚約者様はどうしたんだ？　庶務《しょむ》をやってるっていう弟は？）

ちなみにその二人、昨晩のゴキブリ騒動で今日一日は安静にしているリリィのお見舞いと称して、彼女に貢ぐついでに構ってもらいに来ている。

ショッキングな出来事だったとはいえ、富も権力もある美男子に囲まれてリリィは非常に楽しそうであるというメイド同士の会話をこっそりと聞いて、ゼオは再び激怒した。

（まだ見ぬクソ王子め……！　生徒会長でお嬢の婚約者という身でありながら、仕事手伝わないどころかビッチとイチャついてるだと……!?）

普通、仕事している婚約者がいれば手伝いに行くのが筋だろう。自身も同じ生徒会の仕事をしているのなら尚更だ。

……ちなみにこれはゼオが知る由もない余談ではあるが、学院の生徒会というのは将来の政務作業の予行演習の場でもある。いわば王太子教育の一環なのだが、リチャードは生徒会以外の王太子教育も終わっていない身でありながら、それらを放り出して婚約者でも何でもないリリィからの好感度上げに勤《いそ》しんでいる。アレックスやエドワードを始めとする取り巻き連中も似たようなものだ。

『……リチャード様は本当に素敵な方なのです。ただ、最近は私が至らないばかりに怒らせてしまってばかりで。……わ、私ったら駄目ですね。未来の王妃なのに、このような体たらくでは』

そんな婚約者であっても、魔物であるゼオしか聞いていない場であっても、シャーロットは決してリチャードを悪く言うことはしなかった。それどころか、自分に至らぬところがあると卑下《ひげ》しているくらいだ。

今日だって将来の重圧に耐えているリチャードたちの負担を少しでも軽く出来ればと言って、次の日の分の仕事を休みも無くこなしているのだ。

こんな出来た娘を婚約者にしておいて、リチャードたちは何をしているのか。もしもシャーロットの気持ちを知った上で踏み躙《にじ》っているのなら到底許すことは出来ない。問答無用でざまぁ執行だ。

（とりあえず《火の息》でチリチリの天パにしてあげるべきか？　執拗《しつよう》なまでに泥団子をぶつけてあげるのもアリだな）

今日はシャーロットが部屋に居る為、心配を掛けない為にも長時間外へ出ることも出来ない。仕方ないので近い未来に訪れるであろうざまぁをどうやって執行するべきかと、ゼオは部屋をウロウロしながら考えていると、小さな本棚に一冊の気になる本を見つけた。

(《ゼオニールと二柱神伝説》……？　確かコレ、俺の名前の由来になったっていう奴だったな)

「その本が気になりますか？」

本棚から引き抜いてマジマジと表紙を眺めていると、丁度仕事が終わったらしいシャーロットがゼオの傍でしゃがみ込む。退屈していることは確かなので頷いてみると、シャーロットは本を抱えるゼオを抱き上げて、自分の膝の上に乗せた。

「では読んであげますね。いくらゼオでも、文字は読めないでしょうから」

(いや、読めるんだけどね)

そう伝えることは出来ないし、伝えないのが吉だろう。だって良い香りがするし、良い意味で色々柔らかいし。

「さて、この物語を語るには、少しだけ予備知識が必要なのですが……」

涼やかで清らかな声で、まるで読み聞かせるように紡がれたのは、今この世界で起きている宗教争いと、それを元にしたありがちな英雄譚。

世界には古来より対立し合う聖男神教と女神教、合わせて二大宗派と呼ばれる宗教が存在する。

唯一にして全能なる神を奉り、信仰を捧ぐ全てに恩恵と福音を与えるという聖男神教。

同じく唯一神を奉っているが、己の外の神ではなく己が内の良心を信じよと説く女神教。

《ゼオニールと二柱神伝説》は、女神教の観点から綴られた創作の武勇伝だ。

話は至って単純。世界には男神と女神の二柱の神がおり、女神は世界の始まりより男神に力の殆どを奪われ、虐げられ続けてきた。そんな女神を慰める為に十人の人間が女神の友となり、彼女に笑顔を取り戻すのだが、それが気に入らなかった男神は十人に輪廻の果てまで続く呪いを与えてしまう。

呪いによって無残な死を遂げ、その更に来世、その次の来世の人生までもが悲劇で終わることを約束されてしまった十人の友を想い、女神は海が出来るほどに毎日毎日泣き続けた。

幾星霜《いくせいそう》の時を嘆きに費やした女神は、ある日心優しい勇敢な若者に目を付ける。これが主人公、ゼオニールだ。男神の目を盗んで下界に降り立った女神は、超越者としての自尊心もかなぐり捨てて、頭を地面に擦り付けながらゼオニールに残された力全てを譲り渡して懇願する。

……私はどうなっても構いません。一生のお願い。どうか最後に、彼らを救う機会を。

女神の嘆きを聞いたゼオニールは数々の冒険を潜り抜け、十の眷属《けんぞく》を打ち破り、やがて男神を打ち倒して女神や十人を助け出す。

まさにありふれた、地球ではテンプレ過ぎて流行らなさそうな御伽噺《おとぎばなし》だが、胸がスカッとする文句無しのハッピーエンドで、ゼオ個人としては割と好きなストーリーだ。

「物語もそうですが、私はこの主人公が昔から大好きなんです。優しさや勇敢さもそうなんですが、何といっても魅力的なのは、人間を遥かに超越した難敵であっても、人間である彼は決して諦めることをしなかった……あくまで創作の人物であるというのは理解していますが、この主人公を見ていたら私もまだまだ頑張れるような気がするんです。……まぁ、勇気だけは未だ真似出来ていませんけどね」

幼い頃から厳しい王妃教育を受けていたシャーロットは、何度もこの物語から勇気を貰ってきたらしい。また一つシャーロットのことを知ったゼオだったが、ふとあることに気が付いた。

（そう言えば、今まで色々あり過ぎてお嬢のステータスを見たことがないな）

気になり始めたら止まらないのが好奇心というもの。ゼオはシャーロットに向けて《ステータス閲覧》を発動した。

名前：シャーロット・ハイベル　種族：ヒューマン
Ｌｖ：10　ＨＰ：21／21　ＭＰ：７９８／７９８
攻撃：13　耐久：９　魔力：６４８　敏捷：11
◆スキル◆
《無神論の王権：Ｌｖ――》《治癒魔法：Ｌｖ９》《解呪魔法：Ｌｖ８》《回復強化：Ｌｖ６》《毒耐性：Ｌｖ５》《呪い耐性：Ｌｖ６》《魔力耐性：Ｌｖ８》《精神耐性：Ｌｖ５》
◆称号◆
《公爵家の令嬢》《篤き信仰》《女神の信者》《未来の王妃》《良心に耳を傾ける者》《淑女の鑑》《慈悲《じひ》の心》《聖女》《癒しの導き手》《献身の徒》

（なるほど……リリィと対極的な素晴らしいステータスだな！　如何にもお嬢らしい！）

典型的な後方回復支援型のステータスだ。ＭＰと魔力もリリィなどとは比べ物にならないほど高いし、称号も彼女を褒《ほ》め称《たた》える説明付きの物ばかりである。

肉体的なステータスも、普通の女と比べればある方だ。きっと救護隊に入隊すれば、一騎当千の活躍をするに違いない。

（ただ気になるのは、この《無神論の王権》なんだよなぁ）

無神論というのは、大雑把《おおざっぱ》に言えば神の実在を信じないというものであったはず。日課として女神への祈りを欠かさないし、称号にも《篤き信仰》や《女神の信者》といったものがあるシャーロットからはイメージ出来ないスキルだ。

（ていうかこれ、もしかしなくてもビッチの《王冠の神権》と関係あるんじゃね？）

スキルの説明文にも、【第一権能の片割れ。今はまだ眠れる力】と、全く同じことが記されている。この二つのスキルに一体どういう結び付きがあるのか、それは現段階で知ることは出来ないだろうと、ゼオが新しく増えた謎を一旦頭の隅に追いやると、扉の方からノックが聞こえてきた。

「ゼオ、隠れてください」

《透明化》のスキルを発動して身を隠す。一発芸的な感じでシャーロットには《透明化》を見せたこともあり、彼女は特に驚く様子もなく扉を開けた。

「お、お兄様？」

そこに居たのは一人の美男。恐らく……というか、十中八九シャーロットの兄であるルーファスなのだろう。髪や瞳の色もそうだが、目元や顔立ちがどことなくシャーロットと似ている。

「……今日はどうされたのですか？　この一年、私に近づこうともしなかったのに」

「ふん。私だって、こんな性悪な愚妹《ぐまい》の部屋など訪れたくなかったさ」

（じゃあ帰れやボケ）

ゼオはルーファスの言葉に青筋を浮かべる。開口一番で妹を貶《けな》すとか、紳士的な貴族のイメージが一瞬で崩れ去った。

（お嬢を愚かな妹と書いて愚妹と呼びやがったが、テメェはどうなんだよ？　あぁん？　そこまで見下せるってことは、相応のステータスなんだろうな？）

名前：ルーファス・ハイベル　種族：ヒューマン
Ｌｖ：14　ＨＰ：59／59　ＭＰ：58／58
攻撃：31　耐久：30　魔力：59　敏捷：33

◆スキル◆
《風魔法：Ｌｖ4》《毒耐性：Ｌｖ2》
◆称号◆
《公爵家の跡取り》《劣等感の塊》《妹に嫉妬する者》

（カスだな）

ゼオは一言、そう断ずる。ステータスの中途半端な弱さもそうだが、称号に関してもルーファスの卑小さを表している。

【称号《劣等感の塊》。自分の能力と素質と、妹の能力と素質と比べて得た称号。あらゆる点で妹に劣る】

【称号《妹に嫉妬する者》。妹の能力に嫉妬することで得た称号。年下に対して大人げない心証を抱く】


どうやらシャーロットに対して、ルーファスはコンプレックスを抱いているようだ。話に聞いた限りでは兄バカ気味の優しい人物だというが、この態度を見る限りとてもそうとは思えない。

コンプレックスをリリィに付け込まれたか。とはいえ同情はしない。リリィの持つ《感情増幅》は、魔力が低くても意志力が強ければ撥ね除けることが出来るスキルなのだ。事の真偽も見分けられずにシャーロットに対して不信を抱くなど、シスコン兼ブラコンの風上にも置けない。

（まぁ、俺はシスコンブラコンじゃなかったから、ルーファスのことを強く言えないけども）

ゼオがそんなことを考えていると、ルーファスの視線が机の上の書類に留まる。すると、彼は急に忌々しそうに顔を歪めた。

「それは生徒会の書類か？」

「は、はい。明日の分も少し処理しておこうと……」

「はっ！　またそうやって優等生アピールか。いい加減、自分が父上や母上、殿下から見放されていることに気付けばいいものを」

シャーロットを鼻で嗤《わら》うルーファス。そんなハッキリと両親や婚約者から見放されていると妹に告げるとは、大した〝お兄様〟だ。ゼオは唸り声を上げそうになるのを我慢しながらルーファスを睨む。

（跡取りとして優等生アピールする時間を削ってまで、お嬢の所に何の用だこの野郎）

「まぁ良い。それより、お前はお祖母《ばあ》様からオルゴールを譲り受けていたな」

シャーロットは答えず、机の上に視線を向ける。ゼオもそれに釣られて視線を動かすと、そこには大粒の翠玉石をメインにした品の良い装飾が施された小箱が置かれていた。

あれの由来はゼオも聞いたことがある。今は亡きシャーロットの祖母が渡した形見の品であり、祖母より数年前に亡くなった先代ハイベル公爵との思い出の曲が流れる特注品だ。

子供の頃は大層なお祖母ちゃんっ子だったというシャーロットは、唯一の形見であるオルゴールをとても大事にしており、館の片隅に追いやられた時も何とか死守した品でもある。

「あれの装飾に使われているのは希少な高純度のエメラルドであり、製作者は今は亡き巨匠であったはず。その様な高級品、卑しい貴様が持つには相応しくない。黙って私に渡せ」

「え……⁉」

（はぁあああああっ⁉　何言ってんだこいつ⁉　頭に蛆《うじ》でも湧いてるんじゃないのか⁉）

信じられないことを言ってのけるルーファスに、ゼオもシャーロットも思わず愕然とする。

「な、何故です……？　あれはお祖母様が今際《いまわ》の際に私に託してくださった大切な物……何故お兄様にお渡ししなくてはならないのですか……？」

「お祖母様もお前の本性を知っていれば大切なオルゴールを譲ったりしなかっただろうが……そん

なことはどうでもいい。それは真の意味でハイベル家の令嬢に相応しいリリィにプレゼントするんだ。お前に少しでも良心が残っているのなら、リリィへの今までの嫌がらせの詫《わ》びも兼ねて大人しく渡せ」

開いた口が塞がらないとはまさにこのことだろう。祖母の形見の所在が重要なのではなく、リリィへの貢ぎ物としての価値を重要視しているセリフだ。

「……何度も説明しましたが、私はリリィに対してそのようなことは一度たりともしていません。一体どういう道理があって、私からお祖母様の形見を奪おうというのですか？」

怒りではなく純粋な悲しみを表情に浮かべて、シャーロットは横暴な兄に問いかけるが、ルーファスは口答えされたことに加え、リリィに嫌がらせした事実を誤魔化したと思い込み、端正な容姿を怒りで染める。

「この期に及んでまだそのようなことを言うか！　リリィが貴様から嫌がらせを受けたと泣いていたのだぞ⁉　それが真実でなくて何だというんだ⁉」

被害者だけの証言で加害者と断定しようとしていることに問題があると声を大にして言いたくなる、本当に公爵家の跡取りなのかと頭が痛くなる台詞《せりふ》だ。

シャーロットも同じようなことを思って茫然としていると、怒りで冷静さを失ったルーファスは更にとんでもないことをぶっちゃけた。

「いいから早く渡せ！　ただでさえ私が自由に出来る金銭が底をついているんだ！　これ以上殿下に後れを取っては、リリィを奪われてしまうだろうが！」

（……え？　何こいつ？　その言い方って……ビッチに貢ぎ過ぎて金が無いから妹が持っている金

目の物を贈ろうってのか？　しかも義理とはいえ妹への恋愛アプローチを兼ねてたりするの？　イケメンなの顔だけで超キモいんだけど⁉）

事実、ルーファスはリリィを一人の女として見ている。だがその行いは道徳的に見れば最低最悪であると言わざるを得ない。

初めて見るタイプの変態にゼオが戦慄《せんりつ》していると、痺《しび》れを切らしたルーファスは無遠慮にシャーロットの部屋へと押し入る。

このままでは大切な形見の品を奪われてしまう。直感的にそのことを理解したシャーロットは、ルーファスの服の裾を掴んで必死に懇願した。

「お、お願いしますお兄様！　そのオルゴールは……！」

「私に触れるな汚らわしい！　《ウインドブロウ》っ‼」

「きゃあああああっ⁉」

（危ないお嬢っ‼）

ルーファスの風魔法で壁に叩きつけられそうになったシャーロットだったが、間一髪のところでゼオがクッションとなる。

それに気付いたシャーロットはハッとした表情を浮かべて、透明化しているゼオを手探りで捜すが、その手は空振るばかり。

それもそのはず。ゼオは《飛行強化》のスキルで限界まで引き上げられた飛行速度を用い、既にオルゴールを守る番人のようにルーファスの前に立ち塞がっているのだ。

（お嬢に魔法をぶっ放すたぁ……テメェは俺の前で一番やっちゃいけねぇことをした‼）

現れるなりシャーロットを侮辱し、大切な形見をリリィに貢ごうとし、更にはシャーロットを傷つけるという、血の繋がった兄のすることとは到底思えない行いに、ゼオの怒りは頂点に達した。

(もはや情状酌量《じょうじょうしゃくりょう》の余地無しっ！　この一撃で沈める！　いざ天誅《てんちゅう》、ざまぁ執行!!)

竜の顎に電光が迸《ほとばし》る。快速にして一瞬の一撃、《電気の息》がルーファスの股間を貫いた。

「ごっ!?　あ……ぎゃあああああああああああああああっ!?」

多少は手加減したとはいえ、陰嚢《いんのう》の中で電撃が暴れまわる痛みと苦しみは想像を絶する。ルーファスは床に突っ伏し、尻を突き上げた状態で両手で股間を押さえるという、実に滑稽《こっけい》で情けない姿を晒した。なまじ美男なだけに、余計にシュールである。

(一撃じゃ生温《なまぬる》い！　二撃三撃四撃五撃ぃぃいいいいいいいっ!!)

「ぎゃあああっ!?　ひぃいい!?　みぎゃあああっ!?　うわああああああああんっ!?」

涙やら鼻水やら涎《よだれ》やらを垂れ流し、電撃による股間への集中砲火で、遂に子供のように泣き叫ぶルーファス。一見怒りに任せての攻撃に見えるが、被害範囲の広い《火の息》や《冷たい息》を使わないあたり、ゼオはまだ冷静な方である。

そんな股間を押さえながらみっともない表情を浮かべるルーファスに駆け寄り、シャーロットは治癒魔法を発動した。

「お兄様!?　大丈夫ですか!?」

(聖女かよ!?　あんなんにまで情けを掛けなくていいって！)

自分を傷つけた本人であっても慈悲を忘れないシャーロットに、ゼオは感動に似たツッコミを入れる。……どちらかと言えば、ゼオが苛烈《かれつ》なだけで、ある意味普通の対応なのだが。

やがて騒ぎを聞きつけた使用人が相変わらず股間を押さえて悶絶するルーファスを担架に乗せて運んでいこうとし、シャーロットもそれに付いていこうとする。

「わ、私も行きます。治癒魔法は得意な方ですから、お兄様の助けに……！」

そんなシャーロットが高レベルの治癒スキルの持ち主であると知ってか知らずか、一人の年若いメイドがシャーロットを強《したた》かに腕で払い除ける。

「邪魔です!!　いいからそこを退《ど》いてください!!」

「あぅ……」

（テメェ侍女！　お前の顔とステータス憶えたからな！　後でざまぁを執行してやる！）

遠ざかる兄に手を伸ばし、力なく腕を下げるシャーロットを促すように翼で優しく背中を押し、部屋へ誘導する。

そんなゼオたちの静寂とは裏腹に、担架に乗せられ悲鳴に似た呻《うめ》き声を上げるルーファス。ほんの少しの間しか治癒魔法を施されていない上に、陰嚢に滞留《たいりゅう》する電撃はいつまでも彼を苛《さいな》み続ける。

「……あ……」

そして股間周辺、腰回りの筋肉が電流で弛緩《しかん》し、遂にダムは決壊した。

異臭を放つ黄色い汚水でズボンや担架、ひいては床まで汚すルーファスの公爵家跡取りの威厳は、二十歳という年齢も相まって跡形も無く吹き飛ぶのであった。


【ざまぁ成功によりレベルが2上がりました】

ざまぁでレベル上げし過ぎた俺は、宝箱と戦う

股間に大ダメージを受けたルーファスは、どうやら不能になる可能性が高く、弟であるロイドに家督が移るかもしれないらしい。そんなメイドの話を透明化しながら聞いたゼオは相変わらず股間を庇《かば》うように動くルーファスを見て溜飲を下げることにした。一夜経っても涙目で股間を押さえる美男は、見ていて実に清々しい。

（お嬢の傍に居た方がレベルが上がるんじゃね？）

シャーロットが学院に行き、今日の日程を整えていた時、ざまぁを執行するだけでレベルが8に到達したゼオはそんなことを考えていた。

一体どういう理屈か、普通の戦闘と違い、ざまぁに成功すれば経験値を貰うのではなくレベルが上がるという仕組みになっているのではないかということに気が付いたゼオ。

それならシャーロットの身辺警護も兼ねてレベルを上げた方が良いと思ったのだが、それではSPがいつまで経っても貯まらず、ヒューマンキメラに進化出来ない。

（仕方ねぇ……山を越えてレベルとSP上げに行くか）

シャーロットを一人にするのは不安だが、これも今後の為と思い、断腸の思いで山を越えて魔物除けの魔道具の効果範囲から出る。

今日は時間もある。魔物のついでにグランドベリーのようなお土産も探そうと探索を開始してしばらく、ゼオは少し大きめの洞穴を見つけた。

岩の断崖に開いた穴を、初めは自然に出来たものと思って少し中に入ってみたのだが、よく見れ

ば壁には巨大かつ極太の爪で抉《えぐ》ったような跡がビッシリと刻まれていた。

（こ、怖ぇぇ。こんなん出来る魔物が居るのかよ）

試しにゼオも岩壁を爪で引っ掻いてみるが、僅《わず》かな爪痕を刻んだだけに終わる。むしろ力を入れ過ぎたせいで爪が一本折れた。泣きたい。

（《裂撃強化》のスキルも要るかなぁ……あれ、爪とか牙によるダメージが上がるだけじゃなく、折れ難くなるらしいし……ん？）

ＳＰのやりくりを考えながら山林を歩いていると、木製の宝箱を見つけた。

（た、宝箱じゃーん！　何が入ってんだろ？）

ゼオのテンションは鰻登りである。ドラゴン、武器、宝箱はファンタジーのロマンだ。今この時、宝箱以外の興味を失い、我を忘れたかのように飛びつく。

（……あれ？　この感触……木じゃなくね？）

木材独特の感触ではなく、石のようにザラついた硬さ。困惑しつつもとりあえず開けてみようとした瞬間、突然宝箱がゼオの顔面に目掛けて体当たりしてきた。

「ギャウッ⁉」

完全な不意打ち。鼻を抉るような鋭角な一撃に悶絶しながら宝箱を睨むと、そこにはやけに細い手足を生やした宝箱が天地上下の構えをとっていた。

種族：カンフーミミック
Ｌｖ：８　ＨＰ：２０１／２０１　ＭＰ：１９８／１９８

攻撃：１０１　耐久：３００　魔力：１０３　敏捷：２０８
◆スキル◆
《擬態：Ｌｖ７》《気配遮断：Ｌｖ６》《瓦割り：Ｌｖ４》《大地魔法：Ｌｖ２》《箱の鎧：Ｌｖ５》
◆称号◆
《生きた宝箱》《暗殺者》《狂気の箱》《格闘家》

（何こいつ⁉　ルーファス程度なら五十人くらい纏めて皆殺しに出来そうなステータスなんだけど⁉）

魔力と攻撃力自体はそれほどでもないが、耐久値が異常なまでに優れている。敏捷値も高く、見るからに倒すのに苦労しそうな相手だが、どうやら向こうは見逃す気は無いらしい。ゼオに向かってシャドーボクシングまでし始めた。

【カンフーミミック。宝箱に擬態する魔物、ミミックの亜種。ミミック系特有の防御力と俊敏な格闘能力を併せ持つ。相手を決して見逃すことのない凶暴性でも知られ、その宝箱の中身は誰も知らない】

中国拳法《カンフー》と言う割には、やってることは空手とボクシングである。多分《ステータス閲覧》が無かったら、その頼りない手足とコメディーな外見で強さを見誤るところだっただろう。

（相手は見逃す気無し。それはこっちも同じこと……ぶちのめして俺のSPと経験値にした後、その宝箱の中身を検《あらた》めてやる）

まだ宝箱の中身が気になっているゼオは吠える。それが開戦の合図だった。カンフーミミックは地面や木の幹を足場にした跳躍でゼオの頭上に迫る。開幕早々予想外にアクロバティックな動きを披露した宝箱に反応しきれず、ゼオは背中に手刀を受けてしまう。

「グァアッ!?」

ベキッと、鱗に亀裂が入る。ステータス差を補って決定打を与えるこの攻撃は、《瓦割り》のスキルによるものだろう。しかし、攻撃を受けるところまではゼオの計画通り。本命はカウンター……硬い鱗で覆われた拳でカンフーミミックを殴りつけた。

（……痛《い》ってぇえええええっ!?）

しかし宝箱は依然無傷。逆にダメージを受けたのはゼオの方だ。鱗が少し剥《は》げ、血が薄《うっす》らと滲《にじ》んでいる。

この世界のステータスというのは、生物の特徴や装備によって見えない補正がかかる。体格差があれば攻撃値で勝っていても力負けすることもあるし、仮に耐久が50の人間が鎧を着れば、実質上の数値は150近くまで跳ね上がるのだ。

体の殆どを石のような材質で覆われたカンフーミミックの実質的な耐久値は、恐らく400近くはあるだろう。カウンターに失敗したゼオに、武闘派宝箱は連続蹴りを浴びせる。

（ぶっ!?　べっ!?　ごっ!?　……んの野郎……！　いい加減にしろっ！）

幸いなのは、敵の筋力値とゼオの耐久値に大きな差があり、ゼオも鱗による補正が僅かながらにかかっていることだ。《瓦割り》のスキルが手刀にのみ効果を発揮していることは調べがついている。手刀だけに狙いを絞って両腕で弾き、ダメージの小さい他の攻撃は無視して隙を作り出す。

「ガァアッ!!」

ゼオの最大火力、《火の息》が着弾して爆裂する。白煙を上げながら吹き飛ばされるカンフーミミックだが、ゼオの経験上あれだけでは倒しきれていないと判断し、今度は露出している脚に向けて火球を吐き出す。

(足が無くなれば後は嬲《なぶ》り殺しだ!)

流石に石で覆われていない手足まで防御の補正はかかるまい。しかしゼオの逆転の為の一手は、突然手足が宝箱の中に引っ込められることで覆される。そのまま火球は着弾。煙が晴れた先にあるのは、少し焦げ目が付いた程度の宝箱のみ。

(マジかよ!?　お前そんな防御まで出来るの!?)

弱点と思われる部位すら覆い隠されて涙目になるゼオ。恐らく、《箱の鎧》のスキルだろう。再び手足を伸ばして接近してきたカンフーミミックの脚を目掛けて再び火球を吐き出すが、向こうも学習したらしい。三連続で飛来する《火の息》を前転、側転、バク転で回避される。

《火の息》は物理的な破壊に優れているが、三種の息の中でも命中率が悪い。ならばと、ゼオは同じ攻撃軌道でも速さの優れる《電気の息》を吐き出すが、恐らく発射口を見極めているのだろう。決して口の正面には立たない立ち回りをされて、直線の息は悉《ことごと》く回避されてしまう。

(あああちょこまかとぉっ!　だったらこれでどうだ!)

防御能力に加えて動きも機敏。更には知能も高いせいで隙が少な過ぎるが、それでもゼオの手札が全て無くなった訳ではない。回避が極めて難しい《冷たい息》を吐き出す。

三種の息はそれぞれ一長一短だ。《火の息》が見極められやすい代わりに威力が高く、《電気の息》が範囲が狭い代わりに速さと射程に優れるように、《冷たい息》は威力が他の二つに劣る分、範囲が広く相手を拘束する力がある。

相手の動きさえ封じてしまえば、後はゆっくりと倒す方法を模索出来るし、重ね掛けすれば凍死させることも出来るかもしれない。そんな起死回生の攻撃だったのだが、突然カンフーミミックが地面に手を付けたかと思いきや、土や石が寄せ集まって槍が形成された。

そして猛回転。カンフーミミックが体の前面で、まるで車輪のようにグルグルと回す土石の槍は、空気中の水分を凍らせて青白く輝く氷結の息吹を散らして霧散《むさん》させる。

(はぁあああああっ⁉　おまっ……どんだけ武闘派ぶってんだよ⁉　宝箱のくせに！)

恐らく自身の鎧である宝箱を形成するのにも使っている《大地魔法》のスキルだろう。まさか槍まで使い、アクション映画のように《冷たい息》を防ぐなんて思いもしなかった。

愕然とするゼオ。そんな彼に向かって、カンフーミミックは挑発するように手をクイックイッと動かす。

(……上等じゃボケ。絶対ボコして中身を手に入れてやる‼)

未だに宝箱の中身を諦めていないゼオはカンフーミミックに向かって突進する。幸い、レベルが低いのか材料が悪いのか、土石の槍は一撃だけで脆く崩れる程度だったが、それでもゼオの不利は揺るがない。

長期戦にもつれ込んだ二匹の魔物の戦いだったが、同レベルでの相性差は埋め難く、ゼオは肩で息をしながら焦げ目が付いた程度の傷しかないカンフーミミックを睨んでいた。

名前：ゼオ　種族：プロトキメラ
Lv：8　HP：33／248　MP：11／237

種族：カンフーミミック
Lv：8　HP：171／201　MP：9／198

両者共にMPが尽きかけているが、HPには大きな開きがある。このままでは敗北は必至。敏捷で劣っているとはいえ、翼を持つゼオは逃げも選択肢に入るが、このまま無様に敗走するのは気に食わない。故に、彼は最後の攻撃を仕掛けることにした。

(多分、この条件なら《火の息》以上の威力になる。もうこれに賭けるしかねぇ)

獣の脚で地を踏み締める。それを隙と見なしたのか、カンフーミミックは残り少ないMPを土石の槍に費やして、防御したゼオの腕を抉った。

「…………っ!!」

痛みで漏れ出しそうな悲鳴を噛み殺し、鮮血滴《したた》る腕で土石の槍を振り払って圧《へ》し折り、ゼオはカンフーミミックの両側を掴んで体全体を持ち上げると、鳥の翼を羽ばたかせて天高く飛翔する。

(痛っ!?　痛いっ!?　ちょ、暴れんな！)

カンフーミミックは暴れ、拳や膝でゼオを攻撃するが、体勢が悪いせいで威力が乗っていない。

疲労や血が流れる体に鞭を打ち、限界まで上へ上へと飛翔したゼオは、ポイっとカンフーミミックを投げ捨てた。

重力と重量によってどんどん加速しながら地面に真っ逆さまに落ちる宝箱。そこから更に《火の息》をぶつけ、爆発により更に加速させる。

(頼む！　これでくたばれ！　でなきゃもう打つ手が無い！　これで……これで俺に宝箱の中身を見せろぉおおおおっ!!)

打撃は通らなくても、衝撃は鎧を通過する。遥か上空より木や草の無い、剥げて岩肌を剥《む》き出しにした場所にカンフーミミックを放り投げたゼオは、追いかけるように高度を下げながら期待半分で墜落地点に注目したのだが。


バゴォッ!!


そんな破砕音《はさいおん》と共に、鮮血と内臓が辺りに飛び散る。あまりにグロテスクな光景に目を背《そむ》けることも忘れ、ゼオは天に響けとばかりに咆哮を上げた。

(中身普通に内蔵かよぉおおおおおっ!!)

ミミックを倒せば宝箱の中身が貰える。そんなものは、ゲームの中の幻想に過ぎないのだと、キメラはまた一つ大人になった。

(いてて……骨折り損のくたびれ儲けって、まさにこのことか……)

その後、最初に見つけた洞穴の中に身を隠し、時間経過によるＨＰとＭＰの回復に勤しんでいるゼオは、宝箱に対する憧れをしょっぱなから裏切られて涙目になっていた。とは言っても、何も得られなかったという訳ではないが。

（ＳＰが１００も入ったし、レベルは11になってた。何故か《精神耐性》のスキルレベルも３になってたしな）

それは攻撃が通じなかった苛立ちによるものか、それとも宝箱にはステータスでも見分けがつかない未知の精神干渉効果があったのか。とりあえず今は疲れたので、何も考えないリラックス状態に移行して回復に勤しむ。

ゼオだけなのか、この世界の生物全てがそうなのかは分からないが、転生してからというもの怪我の治りが非常に早い。どうやらＨＰと体の損傷具合は密接に繋がっているらしく、流石に欠損したことはないのだが、抉られ少し穴が開いた程度ならＨＰの回復に伴って半日以内に塞がるだろう。

毒や出血、過労といった自然回復を妨げる状態異常も多いが、今はその手の状態異常はステータスに見当たらない。昼頃まで休んでＨＰとＭＰを七割近く回復させ、ゼオは欠伸《あくび》をしながら起き上がる。

（やっぱり、レベルの高い奴っていうより、ステータスの高い魔物の方が経験値もＳＰも多いのかね？　カンフーミミックよりレベルの高かったグレイウルフ倒しても、こんなに貰えなかったし）

進化を経験している個体と、していない個体との差で大きくステータスに開きがある。今後はそういった大物を狙っていくべきかと考えながら洞穴を出ると、白い祭服に身を包んだ中年の男とバッタリ出くわしてしまう。

「さっきから凄い思念を感じるわぁ……こっちに誰か居るのかしらん……って、あら？」

（げげっ!?）

一瞬、思わず《透明化》することも忘れて硬直してしまう。魔物と見れば攻撃してくる敵なのか、魔物を見れば逃げ出す通りすがりなのか判別がつかないまま男の全体像を見てみる。

ピッチリとテカる七三分けされた黒髪に、恐らく改造しているのであろう軽装の祭服から覗く毛深く厚い胸板、筋肉で覆われた逞《たくま》しい四肢《しし》に少し分厚い唇。そして何よりも、やけに印象的な長い下まつ毛が特徴の祭司だ。

「あらぁ！　誰かと思ったら可愛い魔物の子供だったのねぇ！　うふふ……食べちゃいたいくらいよぉ♡」

「っっっ！？！？」

下唇を舐める分厚い舌と、オカマ口調で発せられる野太い声に、ゼオの全身にゾゾゾッ！　と得体の知れない怖気が走る。

何だこの男は。エネミーか、魔物か、それとも変質者なのか。とりあえず《ステータス閲覧》を癖のように発動させる。

名前：ラブ（源氏名。本名はヒ・ミ・ツ♡）　種族：ヒューマン
Lv：64　HP：901／901　MP：657／657
攻撃：856　耐久：821　魔力：541　敏捷：783

◆スキル◆
《聖句詠唱：ＬｖＭＡＸ》《格闘術：Ｌｖ９》《治癒魔法：Ｌｖ５》《結界魔法：Ｌｖ６》《思念察知：Ｌｖ３》《強化魔法：Ｌｖ８》《編み物上手：Ｌｖ９》《料理上手：Ｌｖ９》《肉体強化：Ｌｖ８》《精神耐性：Ｌｖ７》
◆称号◆
《篤き信仰》《女神の信者》《漢女《おとこおんな》》《良心に耳を傾ける者》《慈悲の心》《聖騎士》《枢機卿《すうききょう》》《レベル上限解放者》《教会のママ》

ある日森の中オカマに出会った俺は新たなざまぁ案件と遭遇する

「どうしちゃったのかしらん？　そんな驚いた顔をしてぇ」

目の前のオカマ兼祭司は腰をクネクネ揺らしながらゼオに近づいてくる。よくよく見れば、その祭服は女物を改造しているらしい。胸元が解放され、スカート部分の深いスリットから、筋肉質の太い足を覆う網タイツが見えた時点で、ゼオは「何てもん見せやがる」と嘔吐《おうと》しそうになった
（な、何だこいつ……!?　ステータスが尋常じゃねぇ……！　ラブっていうか、羅武《ラブ》だろお前の名前！　ていうか源氏名って何!?　本名ヒ・ミ・ツって、ふざけてんのか!?）

そもそも、ステータスの名前部分が改竄《かいざん》されている時点で意味が分からない。まさかそんなことを出来る輩が居るとは思いもしなかったゼオは、戦々恐々とした思いで後退《あとずさ》る。

（敵かどうかなんて関係ねぇ……！　こいつは色んな意味でヤバい！　早く、このオカマゴリラか

ら逃げないと!!　俺には、お嬢を守るという使命があるんだ!!)

ゼオは一目散にその場から飛び去った。加えて《透明化》も発動。ステータスを見る限り、ラブは肉弾戦特化の色々間違っている僧侶だ。翼の無い彼（彼女？）に、空高く飛翔するゼオを捕らえることは出来ないと踏んでの、誰から見ても最良の策であったはずだが。

「だぁれが見ただけでドラゴンも泡吹いて気絶する化け物系オカマゴリラ女子だごるぁあああああっ!?」

(ぎゃああああああ追ってきたぁああああっ!?　誰もそこまで思ってねぇよ!?　何で分かんの!?)

【スキル《思念探知》。相手の思念を読み取り意思疎通を可能とするスキル。一般的に高度な会話が可能な《念話》の下位互換と言われるが、会話では伝わらないイメージ映像の伝達や言語が理解出来ない魔物との交渉も可能】

(あ、なぁるほど。これが原因か……って、今はそれどころじゃねぇぇぇえええっ!?)

《透明化》を発動しているにも拘らず、迷うことなく真っすぐにこちらへ走ってきているのは、恐らく思念の出所を大まかに探っているからだろう。

眼下を見てみると、そこには鬼神の如き形相を浮かべながら、木々を小枝のように圧し折り追いかけてくるラブの姿。途中で遭遇したグレイウルフの群れが、まるでアニメや漫画のように吹き飛ばされ、一匹残らず空の彼方のお星様にされていた。

(威力も速度もヤバ過ぎだろ!?　障害物なんて無いようなもんだし！　これいつまで経っても振り切れないんじゃ!?)

もしも脇目も振らずに逃げていれば、まだ猶予《ゆうよ》はあったのかもしれないが、そんな余計な思考が

命取りだった。ラブは地面を踏み砕き跳躍、天高くまで巻き上がる土煙の中から体を大の字に開きながら飛び出したオカマは、早くも飛行するゼオを間合いの内に捉えた。

「ヴィーナス☆ハグっ!!」

(ぎゃあああああ!?　胸毛がジョリジョリするぅぅぅぅぅっ!!)

逞しい両腕と胸毛の生えた厚い胸板による熱烈抱擁を受けたゼオは、そのあまりの暑苦しさに意識が千切れそうになりながら、轟音と共に地面に墜落した。


「もう！　怪我をしているのに無理に動いちゃダメよぉ。そんな自分を大切にしない子には、お姉さんも怒っちゃうんだからぁん！　ぷんぷんっ！」

(あ……はい。何か、すんません)

どうやら追いかけてきたのは、まだ腕から血を流しているゼオを心配してのことだったらしい。

ラブの《治癒魔法》でHPが全回復したゼオは、とりあえず平身低頭の姿勢でこの場をやり過ごしていた。

「それにぃ、女の子に化け物なんて失礼なことを考えちゃメッ！　よぉ。乙女というのは傷つきやすいガラス細工のドールなんだからぁん」

「…………」

ゼオはこの瞬間だけ、明鏡止水《めいきょうしすい》の境地に達した。素直なリアクションをすれば殺される。そんな根拠が、ラブの称号にあったのだ。

【称号《レベル上限解放者》。通常100レベルが上限だが、その限界を超える、またはその素質

も持ったことによって得た称号。ステータスに大幅なプラス補正がかかる】

どうやらこのオカマ、強さという意味でも限界を超えた超生物らしい。レベルも異様なまでに高いし、正直勝てるビジョンがまるで浮かばない。

しかしどういう訳か、ラブは魔物であるゼオを見ても敵意を持っていない。《思念探知》によって人間並みの理性を持っていると理解してくれたおかげかと思ったが、ラブの口から発せられたのは意外な言葉だった。

「貴方、シャーロット嬢の友達なんでしょ？　そんな酷いことはしないわよぉ」

（え⁉　ラブさんお嬢を知ってるんですか⁉　ていうか、何で俺とお嬢が知り合いだって……⁉）

この短時間でラブに敬語を使い始めたゼオは、意外な人物との接点に瞠目する。見目麗しく心優しい令嬢と、筋骨隆々の暑苦しいオカマに一体どのような接点があるというのか。

「ん？　何で知っているかって？　まぁ、知り合いというほどでもないんだけどねぇ。枢機卿なんて立場になると、高位貴族の顔を見ることもあったりするもんなのよぉ。ワタシは頑張り屋さんが大好きでねぇ、あの子のことはよく憶えてるわぁん。貴方がワタシと追いかけっこしてる間もずっとシャーロット嬢のことを考えてたから、ワタシのスキルで貴方たちの接点を知ったってわけ」

ここで馬鹿正直に、「オカマに追いかけられた恐怖で走馬燈を見たからか」と考えそうになったが、ゼオは慌てて別のことを考える。

枢機卿。ということは、ラブは女神教でもお偉いさんということなのだろう。ということはだ、ゼオでは現状どうしようもない、シャーロットの立場や身分を守ることも出来るのではないか？

ゼオはシャーロットが置かれている現状のイメージを浮かべながらラブに懇願するが、彼女はただだ悲しそうな表情を浮かべて首を横に振る。

「……まさかそんなことになっているなんて。でも、ワタシが今のシャーロット嬢を社会的に守るのは難しいわねぇ」

（な、何でですか⁉）

「女神教は信仰の自由を得るために、グランディア王国の王家や高位貴族に教徒として以外は干渉しないという誓約を交わしているのよぉ。枢機卿であるワタシが誓約を破って王侯貴族のやり方に嘴《くちばし》を挟めば、女神教とグランディア王国との間に対立が起こるわぁ。そうなったら、信徒たちにどんな犠牲が起こるか……立場だけで言わせてもらえば、たとえシャーロット嬢が処刑されるとしても動けないわねぇ。良心に従うという教義に沿えない、そんな自分が嫌になるわぁ」

その言葉を聞いてゼオは押し黙る。ラブは上に立つ者として、何千何万もの信徒たちを守らなければならないのだろう。心は納得していないが、とてもシャーロット一人と天秤にかけていいものではないと理性が厳然《げんぜん》と告げていた。

「でも、そういうのは得てしてバレなかったり、誓約に抵触しない限りは何をしても問題無いものよぉ。状況にもよるけれど、ワタシの立場なら皆の思考を誘導してシャーロット嬢の正当性を間接的に訴えられるし、もし仮に貴族でいられなくなっても、女神教で保護出来るようワタシが取り計らうしねぇん」

（マジっすかラブさん⁉　あざぁすっ！）

「あら、お礼を言っているのかしらん？　気にしなくてもいいのよぅ。さっきも言った通り、ワタシは頑張ってる女の子が好きだから出来るギリギリのことに手を貸すって言ってるだけだしねぇ。

「……それにしても、そんなに彼女のことを想っているなんて、まさに愛だわぁ～♡」

紅潮《こうちょう》した頬に両手を当てて腰をクネクネ動かすラブを見て、心を無にするゼオ。その後、実は公爵邸からも近い教会にラブがしばらく滞在することと、山道に迷っていることを知ったゼオは彼女を街まで案内することにした。


あなたが道に迷った時、まずはあなたの良心に耳を傾けなさい。女神はあなたの良心を通してあなたに語りかけるのだ。

女神教の聖典、その第一節を聞き感動した、後にラブと名乗る若者は信仰の道を進むこととなる。

色んな意味で奔放な彼女は、教会の懺悔《ざんげ》室と酒場を兼用という色んな意味で斬新過ぎる手段を以ってして、荒くれ者や水商売の女といった祈らぬ者たちの声にも耳を傾け、教えを広めてきた。

いつしか《教会のママ》と呼ばれるようになった彼女は、教会所属の戦力である聖騎士としても活躍。三十という若さで枢機卿に抜擢《ばってき》され、聖男神教や魔物との戦闘から懺悔に布教と、幅広い活動を繰り広げていた。

そして二年前、ラブが三十七歳の時、グランディア王国から派遣されてきた救援隊の内の一人である少女を目にすることとなる。

国から派遣された戦場での負傷者の手当てや後方での支援部隊と言えば聞こえはいいが、その実態は貴族の令息令嬢の善行を世間にアピールする為に送られたお荷物十数名だ。

猫の手も借りたい状況であることは確かなので教会としては受け入れているが、その評判は良くない。何せ今まで日々の生活を使用人に任せっきりにしてきた者たちだ。血や泥に汚れることを嫌がり、重傷を負った兵を見て腰を抜かしては作業を滞らせる。

ラブですら彼らには一切期待していなかった。彼らの本分は人や物資の流通や整備であって、前線に出ることではない。戦火が飛び火する前に帰った方が良いと常々思っていた。

『皆さんっ！　大丈夫っ！　大丈夫ですからっ！　私たちが付いていますからねっ！』

そんな戦場での覚悟無き貴族の子供たちの中にあって、血と泥に塗《まみ》れることも厭《いと》わず負傷者たちを癒し、救う美しい娘。

公爵令嬢であり、未来の王妃でもあるシャーロット・ハイベルは、国を侵さんとする聖男神教と戦う戦場に自ら志願して救護活動に赴いたという。

初めは足手纏《まと》いとしか思っていなかった他の軍医すら圧倒される高度な治癒魔法と、どれほど絶望的な重症であっても決して救うことを諦めない意志力には、ラブを始めとする女神教の軍も、貴族の救援隊は役立たずばかりであるという考えを改めざるを得なかった。


――地獄に天使を見た。


獅子奮迅《ししふんじん》、苛烈なまでの活躍を見た兵士はシャーロットをこう評した。当時まだ十六歳だった少女が、未来の臣民《しんみん》の為に少しでも出来ることをしようと血と汗を流すその高潔さは、ラブの記憶に鮮明に刻まれている。

だからこそ解せない。何故そんなシャーロットが、急に周囲から虐げられるようになったのか。

情報源となったのは、まるで人間が魔物の姿をとったかのように頭の良いキメラの子供。スキルの特性上、嘘は吐けないのでシャーロットを取り巻く悪環境は真実なのだろう。

一体彼女の周りで何が起きているのだろうか？　シャーロットの居場所を奪うかのように現れたピンク髪の少女は何者なのか？　ラブはふと、グランディア王国のハイベル領に赴くことになった理由を思い出す。

元々、女神教が広まっているグランディア王国に聖男神教の動きがあることを知ったのが始まりだったのだが、キメラの訴えを聞いた後では、罪無き少女を襲う悲劇を見た女神の、涙交じりの天啓だったように思う。

（知ってしまったのに知らんぷりじゃ、女神の信徒の名折れでしょ）

立場がある以上出来ることは限られている。しかし良心に従うということは、出来ることから始めることにある。まずは件《くだん》の少女のことを調べてみよう。ラブは上空を飛行するキメラの後を追いながら、今後の方針を定めるのであった。


「ここまでで良いわよぉ。おかげで助かったわぁん。ありがとね。ん～……チュッ♡」

ラブを街が見える場所まで誘導したゼオが、バチコーン！　という効果音が出そうなウインクと共に回避必須の投げキッスを送ってきたオカマから逃れるように上空へと避難すると、街でも一際大きな建物が目に入った。

（もしかして、あれが学院なのかね？　……何気に街全体を見下ろすのは初めてだ）

ここまで来ると探索したくもあるし、何よりシャーロットの様子が気掛かりになってくる。ゼオは《透明化》を発動して街上空を飛行し、シャーロットが通っていると思われる学院へと移動する。

（ビンゴだな）

山一つ越えるのにも一分とかからないゼオからすれば、街の端から中央にある学院に到着するなどあっという間だ。

宮殿を思わせる校舎が建てられた敷地内に降り立つと、そこで今まさに帰寮しようとしている白い制服の女生徒を見かけた。それはシャーロットが着ているのと同じ制服である。

（さぁて、お嬢はどこに居るのかなっと）

既に夕刻に近く、時間帯からして講義終了時刻なのだろう。となると、シャーロットの居る場所は生徒会室だと思われる。

こういう時こそ、《言語理解》のスキルが輝く。ゼオから見ればミミズを並べたような、古代エジプト語のような、とにかくそんな理解不能の言語でも、全て頭の中で日本語に翻訳してくれるのだ。

幸い、部屋ごとに室名プレートがつけられている。これなら迷うことなく生徒会室に辿り着けるだろうと、透明になったゼオは内心スパイ気分でドキドキしながら校舎内を探索する。

教師や生徒の隣を横切り、一階と二階を調べ終えると、続く三階でようやく生徒会室を見つけたゼオ。もしもシャーロット一人だけなら、窓を軽く叩いてから姿を現して、少し驚かせてやろうと廊下に面する窓ガラスから部屋の中を覗くと……。

（……は？）

そこにはロープで手足を拘束されて床に転がされながら眠るシャーロットと、そんな彼女の首に輪を作ったロープを引っ掛けようとする従者、アーストの姿があった。

ざまぁコンボで効率よくレベル上げ

アースト・ワルドナーは、眼前で魔物に行商人だった両親を食い殺された過去を持つ孤児である。後にハイベル領の教会に預けられるのだが、平民相応の幸せと家族としての情を持ち合わせていた幼き日の彼は魔物に対する憎しみを抑えきれず、僅か十歳にして世界中の魔物を全て駆逐しようと、危険な魔物除けの外側へと鍬《くわ》を持って出ていってしまう。

その結果は当然惨敗。何の訓練も受けていない子供に倒せるほど魔物は甘くはない。命辛々逃げおおせて、裂傷と捻挫《ねんざ》に苛まれる体を引きずって迷い込んだのは、街でも目立つ大きな屋敷。ハイベル公爵邸である。

普段は塀で囲まれている館だが、運良く荷物を搬入している最中であり、とにかく森から逃げきることしか考えてなかった彼は無断で公爵家の館に忍び込み、庭の茂みに隠れるように倒れ込む。脇腹に受けた魔物の爪痕は思いの外深く、血は絶えず流れ続けている。このままでは命も危うい。ついには天に召された両親すら幻視しそうになったその時、一人の少女が茂みを掻き分けてアーストを見つけ出した。

『大変！　怪我してる！　ケリィ、他の使用人を呼んできてください！』

『は、はい！』

自分よりも少し年下に見える、流麗な金髪と蒼天のような碧眼を持つ、天使と見紛う少女。ハイベル公爵家の掌中の珠であったシャーロットである。

当時まだ九歳にして抜きんでた治癒魔法の才能を開花させていたシャーロットによって一命を取

り留めたアースト。これを機に、普段から教会に出入りすることも多い彼女と交流を持つようになった。

そして教会やシャーロットの価値観を通じて知ることとなる。殆どの魔物はただ生きる為にしか人を食わぬ、悪意無き生物でしかないのだと。そしてただ修羅の道を行くことだけが、両親の弔いになる訳ではないということを。

出会いから一年。自分を大切にすることが出来るようになったアーストは、恩返しも兼ねてハイベル公爵家に使用人見習いとして働きに出ることとなる。

シャーロットの応援もあり、メキメキと頭角を現したアーストは、その一年後にはシャーロットの専属執事に抜擢された。東方出身者特有の黒髪黒目を奇異の目で見られることもあったが、充実した日々を送るアースト。

『シャーロットお嬢様。私は貴女に命と人生を救っていただいた身。このご恩は、一生をかけて返させていただきます』

シャーロットに救われ恩を返すという点で共通するアーストとゼオ。この両者は人と魔物の違いはあれど、まるで合わせ鏡のような存在であった。しかし、時が経つにつれて、アーストの心に不穏な影が落ちるようになる。

間近で美しく、心優しく日々成長していくシャーロットに恋い焦がれるようになってしまうのは男の性《さが》というものだろう。アーストも例外ではなかったのだが、肝心のシャーロットには既に愛する婚約者、リチャードが居た。

あれほど素晴らしい令嬢には、身分も釣り合う相応の婚約者が居て当然だ。理性ではそう納得していたが、本心ではとても納得出来ない。自分だってシャーロットを心から愛しているのに。

しかし自分は所詮《しょせん》平民の出。こうして専属執事になれていること自体、幸運に幸運が重なったようなものなのだ。公爵家の令嬢を娶るなど、それこそ夢のまた夢というものである。

ならばせめて愛人にと思いもしたが、あの誠実なシャーロットがそんな不義理なことを許すはずがない。ただ愛する女性が他の男と仲睦まじくする様子を傍で見ることしか出来ないなど、拷問のようなものではないか。せめて自分に身分があったならと何度も思った。

シャーロットもシャーロットだ。こんなに恋い焦がれているというのに、異性としての視線を向けるのはいつだってリチャードばかり。少しは付け入る隙を与えてくれてもいいではないかと、アーストはシャーロットに対してまで鬱屈した思いを募らせていく。

『わぁ、奇麗で素敵な黒髪ね！　貴方にとてもよく似合っているわ！』

そんな時に現れたリリィは、アーストの心の癒しとなった。密かなコンプレックスであった黒髪も、いつもリリィが褒めてくれるので、今では毎日手入れが欠かせない自慢の一つだ。次第にリリィに惹かれるようになっていくアーストだったが、それに連動するかのようにシャーロットのことを疎ましく感じるようになっていった。

『お義姉様はいつも隠れて身分の低い人を虐げているの！　アーストが本当の従者だというのなら、私と一緒にお義姉様を諫《いさ》めるべきだわ！』

目から鱗が落ちた気分だった。当時は貴族になってまだ一年も経っていなかったというのに、真の従者としての在り方まで心得ているなんて、リリィ様は何て素晴らしい人なのだろう。

それに引き換え、シャーロットの心は何と性悪なことか。自分の想いに応えなかったのも、自分を弄んで楽しんでいたに違いない。……身分差を恐れて思いを口にしなかったアーストは、身勝手にもそう思い込んだ。

『しかし、上手く隠れて悪事を働いているようだが、中々ボロを出さないな。このままではいつまで経ってもリリィお嬢様があの性悪に虐げられてしまう』

そう信じて疑わないアースト。いつまでもシャーロットを放置しておくのは良くないと、彼は強硬手段に打って出た。リリィを虐げた罪は極刑《きょっけい》を以って罰せられるべきならば、刑を待たずとも殺害によって排除してしまっても問題ない。

そういう結論に至った彼は、シャーロットの紅茶に睡眠薬を溶かしたのだ。政治や陰謀でも使われることがあるという、毒耐性のスキルも通過し、今回は不要な効能として服用した前後の記憶も無くなる魔法薬を入手したアーストは、シャーロットに対してこう唆した。

『リリィお嬢様やリチャード殿下が貴女との和解を求めています。先に生徒会室でお待ちいただけますか?』

『え……!? そ、それは本当ですか!?』

この一年近く、ずっと暗い表情ばかりを浮かべていたシャーロットの雰囲気がパッと明るくなるのを見て、アーストはほくそ笑む。

バカで愚かしい女だ、大罪を犯したお前が許されることなどある訳ないだろう。罪の無い令嬢の純真すら弄び、待っている間の一杯として睡眠薬入りの紅茶を飲ませ、眠ったシャーロットに首を吊らせようと、抵抗の痕を残さぬようロープで彼女の手足を縛る。

面倒事を少なくするなら自殺に見せかけた方が望ましい。幸い、シャーロットの現在の境遇は針の筵。世を儚《はかな》んで自ら命を絶ったと言っても誰も不思議には思うまい。

更に保険として、シャーロットの文字に似せたリリィへの謝罪文を含めた遺言状も用意してある。

後はこの女の首に縄輪を引っかけて吊るすだけ……その時、生徒会室の扉が勢いよく開いた。

自分の心音が跳ね上がるのを自覚する。一瞬で額に冷や汗を浮かべながら扉の方を振り向いてみると、そこには頭一つ分の大きさの火球が眼前に迫っていた。


「ぎゃばらぁっ!?」

火球がアーストの顔面で炸裂《さくれつ》し、爆炎をまき散らす。男にしては長めの艶やかな黒髪がチリチリのパーマと化し、煙を巻き上げ倒れかける執事に、ゼオは低空飛行で飛び掛かった。

（テメェっ!!　お嬢に何してんだぁぁぁぁあっ!!）

既にゼオのステータスは、アーストのそれを二倍近く上回っている。大きさとしてはチワワサイズだが、一般的な成人男性の七倍以上の攻撃力を誇る硬い鱗で覆われた拳が、アーストの整った顔立ちに雨あられと降り注ぐ。

（お前がっ！　泣いてっ！　土下座するまでっ！　俺のっ！　ざまぁはっ！　終わらないっ!!）

「ぶべらぼばびぶべばぼがぶべぼっ!?」

端正な顔を集中的に、首が千切れ飛びそうなほどに右へ左へブレまくる勢いで殴りながら無茶な要求を告げるゼオ。

顔面の骨に罅《ひび》が入る感触が手に伝わっても、彼は殴るのを止めない。歯が飛び、顔面が漫画のように大きく腫れ上がったところでアーストは気絶し、ようやく殴るのを止めた。

名前：アースト・ワルドナー　種族：ヒューマン（状態：気絶）
Lv：23　HP：3／142　MP：150／150

学院で人死にが出れば、それだけシャーロットの負担になると頭で理解していたゼオは、アーストのHPが尽きるギリギリを見極めて攻撃を繰り返していた。腹いせに顔面でも蹴り上げてやれば、それだけで経験値が入りそうなほど虫の息である。

（お嬢っ！　大丈夫かっ⁉）

名前：シャーロット・ハイベル　種族：ヒューマン（状態：睡眠）
Lv：10　HP：21／21
MP：798／798

ゼオはホッと一息吐く。派手に暴れたので起きるかと思ったが、眠りが深いらしい。怪我らしい怪我も無いようだ。

とりあえず手足を拘束する縄を五本の指で器用に解き、生徒会室に備え付けられているソファーにシャーロットの体を横たえさせる。そして未だに体をピクピクと痙攣《けいれん》させているアーストをキッと睨んだ。

（さて……この昭和のおばちゃんみたいな髪型になった元イケメン、どうしてくれよう？）

焼けてクルクルの縮れ毛と化した黒髪に鼻血を垂れ流す腫れた顔。もはやイケメンの見る影もないが、ゼオはざまぁを止める気はない。ステータスの称号、《恩知らず》と《不忠義者》の詳細を見る限り、この男は自分と似た経緯でシャーロットに救われておきながら、彼女を裏切り、あまつさえ絞殺しようとしていたのだ。

現に脳裏に響く声もしない。その声の主が無言のまま告げている。【汝《なんじ》、もっとざまぁをせよ】

……と。

（自分が誰に、何をしようとしたのか身を以て教えてやる……ざまぁ執行だ）

ゼオは念の為に生徒会室の扉を内側から鍵を閉めてからロープを口に咥えて、《透明化》のスキルを発動させてアーストの服の背中の部分を掴んで窓から飛翔する。

スキルの持ち主共々、透明と化して空を飛ぶアーストは、街の住民誰にも気付かれることなくハイベル公爵邸へと向かっていく。

（ぐっ!?　お、重……!?　流石に、この体格差を持ち上げて飛ぶのはキツイな……!）

攻撃力は、あくまで相手に与えるダメージ計算の基準に過ぎない。レベルが最大値にまで到達した《飛行強化》のスキルのおかげで、自分よりも体の大きな生物を運んで飛ぶことが出来るが、それもフラフラとした蛇行飛行だ。腕も目的地に到達するまでに何度も限界が訪れ、その度に家屋の屋根で休憩を挟んでいる。

別にざまぁの執行は何処《どこ》でも出来るのだが、学校でやれば現在一人で生徒会の仕事をしているシャーロットにどんな責任が追及されるか分かったものではない。これも必要なことなのだと、ゼオは急いで公爵邸へと向かった。

その後、三十分足らずでざまぁの準備を整えたゼオは、急いで生徒会室へ戻ってきていた。先ほど起きた事が事だけに、シャーロットの安否が不安だったのだが、彼女は先ほどと変わらずソファーで安らかに寝息を立てている。

疲れているならこのまま眠らせてやるべきか、しかし今日も仕事をするつもりだったのなら起こしてやった方が良いのか、ゼオはシャーロットの顔を見上げながら悩んでいると、身動ぎと共に彼女の閉ざされた瞳から一筋の涙が零れ落ちる。

「リチャード様……皆……やっと……仲直り……」

それはただの寝言に過ぎなかった。だがしかし、理性で抑圧されていない分、切なく狂おしいまでに純粋な、祈りに似た願いだった。

（お嬢……お嬢があんな連中を気にかけてやる必要なんてねぇぞ……）

いくらスキルで悪感情を極大化させられたからといって、殺そうという結論に至る者たちの所へシャーロットを置いておけない。いっそのこと勘当されて平民にでもなれば、大手を振ってラブと協力しつつ、シャーロットは自分の幸せのために生きていけるのに。

（にしても甘かった……いくら何でもやり過ぎはしないと思ってたけど、お嬢を取り巻く環境は、俺が思っている以上に凶悪かもしれない）

まさか殺しに来るとまでは考えていなかったから余計に。まるで目に見えない強大な何かが、シャーロットに残酷な死を与えようとしているかのようにすら思えてくる。

今回助けられたのは、偶然ラブに出会ったおかげだ。そうでなかったらシャーロットは今頃死んでいた可能性が高い。ゼオは自分の判断を悔やみ、新たに方針を練り直す。

(お嬢の安全が確保出来るまで、SP稼ぎは中止だ。それまでの間は、俺が四六時中お嬢の傍に張り付いて護衛してやらないとな。あのクソバカ従者の代わりに！)

そう決意して拳を握ると、シャーロットがゆっくりと上体を起こした。

「あら……？　私、どうして生徒会室に……？」

「ガァ」

「ゼオ？　どうして貴方が……もしかして、私に会いに来たのですか？」

「ギャウ」

「もう……ちゃんとお留守番してないと駄目ですよ？」

シャーロットは苦笑しながらも愛おし気にゼオを胸元に抱き寄せる。ゼオはゼオで、精神が男子高校生であるとバレた場合のことを全力で棚に上げつつ、ラブの厚く毛深い胸元の口直しと言わんばかりに、シャーロットの制服越しでも分かる豊かで優しい香りの胸に顔を埋めるのであった。


一方その頃、リリィはリチャードやエドワード、ロイドといった取り巻きを引き連れて、流行の衣装や装飾類の店が立ち並ぶ高級商店街で、気に入った品を手当たり次第に強請《ねだ》っていた。

「きゃああ！　見てください リチャード様ぁ、あのネックレスとっても素敵！」

「本当だ……あれはリリィのような美しい人にこそ相応しい。店主、これを包んでくれ」

「見て見てエドワード！　あのドレス凄く可愛いわ！」

「きっとリリィ、誰よりも君に似合いますよ。このドレス、この麗しい令嬢用に仕立て直してください」

「リリィ姉様！　今日という楽しい日の記念に、このブレスレットをお受け取りください！」

富と名声を兼ね備えた麗しい貴族令息たちが、まるで傅《かしず》くようにリリィに尽くす。先日はビーフシチューに混ざったゴキブリを食べてしまい、配膳を担当していた者全員を激しく痛めつけてからクビにして叩き出してやりたくなったが、優しい令嬢という印象を持ってもらわなければ危うい今の立場を本能的に理解しているリリィは、一人の時に暴れたり大声で罵倒したりすることしか出来なかった。

そんな時こそ、自分の好きなことをするに限る。イケメン貴族を引き連れて、欲しい物を欲しいだけ手に入れる。これほど楽しいことをリリィは知らない。

「でも、私ばかりこんなに恵まれてて良いのかしら？　街には日々の生活に苦しんでいる人も居るのに……そうだわ！　今度炊き出しをしてあげましょう！　きっと皆喜んでくれるわ！」

「それは素晴らしい考えですね！」

「流石私のリリィだ。君は容姿だけではなく、心まで美しいのだな」

勿論、《感情増幅》のスキルを併用した好感度上げも忘れない。こういうポーズさえ取っておけば、周りが勝手に自分の立場を保証してくれるのだから安いものだ。

……ただ、今自分を持て囃《はや》す取り巻きの中にアレックスとアーストが居ないのが不満ではある。アレックスは今、騎士団長を務める父、ガルバス伯爵に付いて軍事演習に赴いているし、アーストは少し所用があって外している。

それでもゴキブリ騒動から立ち直れる程度には満足したリリィ。今日も一日絶好調とばかりに、最近スイーツの食べ過ぎで少し弛《ゆる》み始めた腹や尻を僅かに揺らしながら屋敷に戻ると、門の上に奇妙なモニュメントの影が見えた。

「何だあれは？」

「父上が新しく購入した装飾でしょうか？」

大きな門の上に飾られた何かは、遠目からではよく見えない。近づくにつれて少しずつ露わになったその正体が人間であると分かった時、彼らはこぞって悲鳴を上げた。

「い、いやあああああああっ⁉　へ、変態‼　何なのあれ⁉」

「こ、これは酷い……！　人間のやることではありませんね……！」

頭を下にして足を上にした変則M字開脚……名付けるのならW字開脚と呼ぶべきか。ロープで両手両足を固定され、股間と尻を前面に強調するかのような体勢を取るその男は、何と全裸であった。

艶やかだった黒髪は無残なチリチリクルクルのパーマになり、顔面は認識不能なレベルまで腫れ上がっている。しかも口一杯に雑草が詰め込まれており、露わになった肛門には、庭に植えられていたと思われる棘だらけバラの花が三本も突き立てられていた。

「むー⁉　むぐぅー⁉」

股間を隠したいが手足が拘束されていて隠せない上に、口に吐き出せないほど大量の雑草が詰め込まれて言い訳も出来ない。そんな醜態中の醜態を愛しい主に晒したアースト。そして憂さ晴らしして機嫌が直った直後にそんな汚物を見せつけられたリリィ。今日この日は、間違いなく二人にとって最悪の日だった。

【ざまぁをコンボで成功させたことにより、ボーナスとしてレベルが10上がりました】

（ざまぁコンボ!? そんなのあんの!?）

一方、ゼオはゼオで想像だにしていなかったレベルの上がり方に驚愕していた。

ざまぁによるレベル上げを考察してみた

「全く、信じられない！ せっかくの珍しい黒髪イケメンだから私の専属執事にしてやったっていうのに！」

元々品の良いインテリアで飾られていたシャーロットの私室の内装を全て取り換え、目に痛い派手なピンクの壁紙や無意味に大きい天蓋《てんがい》付きのベッド、その価値が一切分からないまま高級品だからという理由だけで飾られた絵画や装飾品、そして最早新たに衣装室を造らざるを得なくなった、リリィには似合っていない派手なドレスの溢れるクローゼット。

元シャーロットの部屋、今ではリリィが使っている日当たりのいいテラス付きの広い部屋の中で、彼女は枕に八つ当たりしながら、元専属執事を人知れず罵っていた。

「あんなのが私の近くに居られたら、私の価値まで下がっちゃうわ。もう二度と私に近づけないようにしなくちゃ」

そう、元である。表向きは何者かに痛めつけられたという結論に至ったアーストの心身を心配し、長期休暇及び治療という名目で、彼が元々居たという教会に預かってもらうようにハイベル公爵に頼んだリリィだが、その本音は勿論逆の方向にある。

事実上、アーストは既に解雇されているのだ。彼の醜態は屋敷の前を偶然通りかかった人間によって情報が拡散されており、既に尾ヒレがついた醜聞となって領地を駆け巡っている。

曰《いわ》く、有能な領主として名高い名門ハイベル家は、失敗した使用人に対してあまりに苛烈な仕置きをしているとか、男を全裸にひん剥いて首から上を重点的に痛めつけるのが趣味の人間が居るとか、SMの館だとか……それを聞いた者たちはハイベル公爵家が目障りだと感じている者も、貴族のスキャンダルが大好きなゴシップ記者も、ここぞとばかりに噂を脚色して流したのだ。

アーストの主であるリリィも人材の管理不十分と謗《そし》られた。いずれは領地を越えてグランディア王国中にまで広まりそうな醜聞に、ハイベル公爵は急いで、アーストは何者かに襲撃されたということを公言したのだが、犯人が犯人なだけに事の真偽など誰にも分かる訳がない。アースト本人ですら、何が起きたのか憶えていないのだ
被害者とはいえ、そんな醜聞をまき散らした使用人を雇い続けては家格を疑われる。ハイベル公爵家を離れても、栄えある貴族の看板に泥を塗ったという経歴の持ち主を雇う物好きは何処にもいない。

貴族の体面を飾る看板には、一点の汚れも許されないのだ。紳士淑女ならば口にするのも憚《はばか》られる醜態を晒したアーストの従者人生は、ここで完全に終わったと言っても過言ではないだろう。

「お義兄《にい》様も〇玉怪我したとかすっごいダサくて構う気になれないし、最近私のお気に入りが減ってていってない？」

平民上がりとはいえ、仮にも貴族令嬢とは思えない単語を吐きながら、不運に見舞われた者たち

の心配をするでもなく、自分を彩るアクセサリー兼ホスト役の美男たちの愚痴を零すリリィ。

「とりあえず新しい従者よ。やっぱり、私の傍で身の周りの世話をする従者はイケメンじゃないとねぇ……いや、ここは将来有望な可愛いショタとかでも良いかも！　お義父様《とう》にお願いして、孤児院に引き抜きに行こうかしら」

悲劇に見舞われ、これまでの経歴が醜聞付きで水泡と帰したアーストのことなど、そのスカスカの脳味噌から奇麗サッパリ消し去ったリリィは、鼻歌と共にハイベル公爵におねだりする為に執務室へと足を運んだ。

（あいつスゲェ神経図太いのな……。お嬢なんか今でも家を離れたアーストのクソ野郎を心配してるっていうのに……聖女かよ）

そんな一部始終を《透明化》のスキルで盗み聞きしていたゼオは、シャーロットとリリィの違いを改めて認識した。

アーストの治療を行ったのもシャーロットだ。腫れ上がった顔や茨《いばら》でズタズタになった肛門が見る見る内に治っていくのを見ればシャーロットの力量が窺《うかが》えるが、当のアーストは当然だと言わんばかりに鼻を鳴らした。

『ふ、ふん！　リリィお嬢様にお仕えする者の為に力を振るうのは当然でしょう？　治癒のスキルだけしか持っていないのだから、こういう時くらい役に立ってもらわなければ困りますね』

自分がリリィから捨てられたなどとは夢にも思っていないバカと、そのバカの言葉に泣きそうな微笑《ほほえ》みを浮かべたシャーロットを見て、教会へと向かったアーストの股間を《電気の息》で闇討ちしたのは言うまでもない。恩知らずで厚顔無恥な元従者は、ルーファスと同じ末路を辿った。ちなみにあの愚兄はまだ股間を痛そうに庇いながら歩いている。

依然、頭がクルクルの天パになっているのだけは溜飲を下げるべきところではあるが。

（でも俺のレベルは上がらなかったんだよなぁ）

名前：ゼオ　種族：プロトキメラ
Ｌｖ：21　ＨＰ：４０２／４０２　ＭＰ：４００／４００
攻撃：３１４　耐久：３１８　魔力：３１１　敏捷：３０９　ＳＰ：１３４
◆スキル◆
《ステータス閲覧：Ｌｖ──》《言語理解：Ｌｖ──》《鑑定：Ｌｖ──》《進化の軌跡：Ｌｖ──》
《技能購入：Ｌｖ２》《火の息：Ｌｖ５》《電気の息：Ｌｖ４》《冷たい息：Ｌｖ４》《透明化：ＬｖＭＡＸ》《飛行強化：ＬｖＭＡＸ》《毒耐性：Ｌｖ１》《精神耐性Ｌｖ：３》
◆称号◆
《転生者》《ヘタレなチキン》《令嬢のペット》《反逆者》

ゼオは〝ざまぁ〟によるレベル上げの法則を大体掴んできていた。

これまで、ゼオはシャーロットの悪口を言った者やバカにした者などを、程度によるが大なり小なりざまぁしてきた。しかしそういった者たちを攻撃してもレベルが上がったためしがない。

レベルが上がったのは、現行犯で明確にシャーロットに危害を加えた者、危害を加えようとした者をざまぁした時に限られている。ケリィ然り、ルーファス然り、アースト然りだ。しかし、それだと一つ疑問が残る。

屋敷を探索して知ったことだが、リリィはゴキブリを食べたり、アーストを専属執事としていた者として評価が下がったりしたということでざまぁが成功したことになっているみたいだが、彼女が現行犯で何かをしたということはない。他人を誘導して自分の手は汚さずにシャーロットを貶めるゴミクズ以下の寄生害虫であるとゼオは認識している。

(なのにどうして俺のレベルが上がった？　もしかして、ビッチがあまりにクズ過ぎて、何もしてなくても殴ればレベルが上がるとか？)

もしくは、《王冠の神権》という謎スキルに関係しているのか。ゼオは今度何らかの形でリリィ自身にざまぁしてみようと決意する。事態がどう転がるにしても、リリィをぶち殺すのは変わらないし。

(そしてざまぁをコンボしてのボーナス、こいつもアーストの一件で評判落としたっていうビッチの話を聞いて掴めてきた)

件のざまぁコンボは、一度の執行で二度のざまぁを達成出来た時に発生するのではないかとゼオは考えている。あの時はアーストを貶める気しか無かったが、結果としてリリィも巻き添えを食らって評判を落としていた。つまりはそういうことなのだろう。

(でもこれは狙って出来ることじゃないな。いざって時はそんな余裕無いし)

無理してコンボを狙う必要はないとゼオは一つ頷く。

(にしても、称号も一個増えたな)

【称号《反逆者》。現状に抗うことによって得た称号。その根底は、恩義と信念】


ざまぁをし過ぎたか。そう考えながら情報収集を終え、窓からシャーロットの部屋に戻ってきたゼオは、タオルと寝間着を抱えたシャーロットと鉢合わせた。

「あ、おかえりなさい、ゼオ。私は今からお風呂に行ってきます」

「ガァ」

お風呂……といっても、公爵家の人間が使うバラの花弁でも浮かべそうな浴槽付きの物ではない。使用人用のシャワー室を、誰も使っていない時間帯に借りているだけだ。本人は不満を感じている訳ではないが、高貴な令嬢に対する待遇とは言い難い。

「そこでです」

(あ、あれ？　何で俺まで抱えられるんですか？)

間近に迫ったシャーロットの顔を凝視すると、彼女はニッコリと笑いながらゼオに告げた。

「ゼオ、貴方も一緒に入りましょう」

「ギャウッ!?」

突然の展開に慌てふためくキメラ。

(待って！　色々待ってお嬢！　一応俺とお嬢は男と女な訳で、付き合ってもない男女が同じ風呂に入るなんて……って、俺今は男どころか人間ですらなかったぁー!?)

ちょっとしたスキンシップなら喜んで許容出来る。あんまり素っ気ないと、シャーロットも傷つくだろうし。しかしゼオは元々、シャーロットと歳の変わらない男子学生だったのだ。後にゼオの精神が男子学生であるとシャーロットにバレたらと思うと、非常に勿体ないとしても彼は拒否せざるを得ない。

「もう、そんなに暴れても駄目ですよ？　殆どの動物は水を嫌がると聞きますが、少しは清潔にしないと体にも良くありません。特に昨日は汚れて帰ってきたのですから、今日という今日は体を洗いましょう」

（違うんだよお嬢。俺はどちらかというとシャワーとか水浴び大好きさ。でもヒューマンキメラに進化した時のことを考えると色々と事情が!!）

そんな彼の心情が届く訳もなく、シャーロットはゼオを抱えたままこっそりとシャワー室へ移動する。ステータスの関係上、本気で暴れることも出来ずにただ連行されていくゼオは、鋭く伸びた爪を恨めし気に睨んだ。

これさえ無ければちょっとは抵抗出来たのに……でもよくやった。そんな相反する気持ちは、彼が健全な男の魂の持ち主であることを表していた。

魔道具だという、ワンタッチするだけで温かいお湯が雨のように降り注ぐ、ある意味地球のシャワーよりもハイテクな異世界シャワーが五つ並び、区切られている。石鹸やシャンプーなども備え付けられている、使用人用と考えれば名門公爵家に相応しい好待遇なシャワー室の一角では、ゼオが尻尾と翼を丸めていた。

「それじゃあ、まずは背中からゴシゴシしましょうね」

その後ろでは全身に水を滴らせるシャーロットが、泡立ったタオルを片手にゼオの竜の鱗や鳥の翼の付け根、尾の先っぽに至るまで優しく丁寧に洗っている。

「ほら、そんなに怖がらなくても大丈夫ですよ」

シャワー室に反響する声は何処までも優しい。しかし、ゼオが体を丸めて目を両手で塞いでいるのは、降り注ぐお湯に対する恐怖ではなく、シャーロットに対する罪悪感に似た居た堪《たま》れなさ故だった。もしも今のゼオの体が、人間と同じように羞恥で顔を赤くすることが出来るのなら、今頃リンゴのように真っ赤になっているだろう。

感触としては極楽だが、ここで男の本能を発揮する訳にはいかない。ゼオはヒューマンキメラに進化した後のことを考えて必死にシャーロットから目を背けるが、そうとは知らない彼女はゼオの両腕を軽く掴んでヒョイッと退けてしまう。

「ガァッ!?」

「はい、次はお顔を洗いましょうね」

両手で遮られた闇が晴らされると、狭く区切られた視界の中で美の化身のような存在がその身全てを露わにした。

磨き抜かれたかのような白磁の肌に張り付く、金糸のような長い髪。ウエストから足までの曲線は、まるで美や芸術の神が丹精込めて創り出したかのように艶めかしい。

お湯による体温上昇に伴い、ほんのり紅潮した頬は、普段の清廉で整った顔立ちに色香を加えている。そして、ゼオの姿勢に合わせて屈んだことによって、揺れたり押し潰されたりする二つの巨峰。その頂点に輝くのはきっと男のロマン的なアレだ。

（服越しでもデカいとは思っていた……でもお嬢、貴女着痩せするタイプだったんですね……！）

シャーロットの胸元に抱えられたことが何度もあるゼオは、意識して気にしないようにはしていたのだが、彼女の胸はかなり大きい。ゼオは思わず《鑑定》のスキルを使った。使ってしまった。


【トップ九二cm。アンダー六七cmのGカップ。お椀型で感度は良……】


（ふぉおおおおおおおおおおっ⁉　何やってんのさ俺⁉）

恐ろしいことに、ゼオは今完全に無意識のまま、眼前で揺れている双子山を鑑定していた。それほどまでに魔性の魅力を放っている、まさに最高水準の宝飾に勝る裸体なのだ。普段彼女を彩っている服やドレスですら、この裸身の前では霞むだろう。

（そしてお嬢は隠す気無し……当たり前だよね、今の俺って魔物なんだし。…………これが、ペットに転生した者の特権か……！）

もし仮に、シャーロットが男の前で裸身を晒すことがあったなら、顔を真っ赤に染めながら秘所を隠そうとするだろう。しかし相手が人間ではなく動物では羞恥心が働く要素は皆無。それもそのはず、人間と魔物では価値観が違う。気にするだけ損というものだ。

しかし、何度も言うがゼオは健全な男子高校生がキメラの子供の皮を被ったような存在だ。美少女の豊満な胸とかしなやかな肢体とか興味しかない。だからといってマジマジ見てしまうのも気が引ける。

最早どうすることも出来ずに、ただされるがままになった状態で不意に上を向くと、それと同じタイミングで温かいお湯が降り注ぐ。

「ギャブッ!?　ケホッケホッ!?」

「だ、大丈夫ですか!?」

全身の泡を洗い流すつもりだったみたいだが、気管に入って咽《むせ》てしまう。そんなに大した量でもないのですぐに収まるが、シャーロットはそれに気付かないままゼオをその胸に抱き締めて優しく背中をさする。

「大丈夫、いっぱい咳して、ゆっくり息を整えてください」

（な、何じゃこりゃああああああああっ!?）

服越しではなく直《じか》の感触が、ゼオの小さな頭全体を包み込む。これが伝説に聞くパフパフだというのか、無罪を主張するつもりで上げられた両手ですら柔らかい感触に包まれる大質量に、彼の中の男子高校生はもはや暴走寸前だ。

（こ、これはもう色んなこと棚上げして素直に楽しんでもいいんでしょうか？　今の俺って魔物だし、無罪放免っすよね!?　人間じゃないから痴漢とかセクハラとか言われなくていいよね!?　むしろお嬢の方から抱き締めてるんだし、完全無罪のペットの権限ってことで――――！）

もうこの天国のような感触と母性の如き優しさに溺れてしまおう……そう考えた時、ゼオの頭の中で、ゼオ本人ですら認識出来ない小さな声が囁かれた。


【有罪《ギルティ》】

それは、ほんの小さな天罰だった。

「それでは、最後にお腹《なか》の方も洗っちゃいましょう」

（……え？）

仰向けにされるゼオ。そして自分の腰辺りに目を向ける。まさか……そこも洗われるというのか。サーっと血の気が引くような、羞恥で顔が真っ赤に染まるような、何とも言えない感覚が襲い掛かる。そんなの男としてのプライドが許さない。だが場所や相手が悪過ぎて、爪を立てて抵抗することも出来ない。

（お願い、それだけは止めてお嬢！　自分で！　自分で洗うから！　女に洗ってもらうとかソープじゃないんだよ!?　いくら何でもそんなマニアックなこと、高校生には敷居が高過ぎるでしょ!?　役得以前に恥ずかしさがヤバ過ぎてシャレになんねぇって！　あっ!?　そ、そんなとこ丁寧に洗っちゃ……ら、らめぇえええぇっ！）

シャワー室に悶々とした悲鳴が反響する。ゼオの中にある男としての尊厳の一部が木《こ》っ端《ぱ》微塵《みじん》になった瞬間であった。

第三章

ちょっとしたざまぁで令嬢をNTR？　した件について

ゼオがシャーロットの傍で《透明化》のスキルを使って警護するようになってから一週間が経過した日のこと。

「国王陛下が意識不明？　それって本当なのかしらぁん？」

流麗な三日月が夜空を彩る中、教会の一室で部下である祭司から報告を受けたラブは、思わず顔を顰《しか》めながら聞き直した。

「確証がある訳ではないのですが、王室専属の主治医が一年前から頻繁に王宮に出入りしているようなのです。それは、国王陛下が表舞台に顔を出さなくなった時期と重なりますし」

「教会からは国王陛下の容態回復に協力すると、政府に提案したのかしらぁ？」

「勿論。ですが、宰相閣下が主治医だけで事足りる、教会の手を煩《わずら》わせるほどではないと辞退されまして」

グランディア王国国王、ヘルムートは堅実な治世《ちせい》に定評のある人物だが、一年もの間周囲に顔を見せずに引き籠って執務に没頭する人物ではない。部下の語った報告から察するに、少なくともヘルムート王は人前に出られる状態でない可能性は高いのだろう。

「となると……今のグランディア王国を取り仕切ってるのはリチャード王子とオーレリア宰相とい

う訳よねぇ」

王妃はリチャードを産んでから体調を崩し、そのまま他界している。だからこそ尚更疑問なことがある。

「どうして宰相閣下は王子の散財を止めないのかしら？　公爵家の養女に貢ぐのが目的で国庫を使うだなんて……王子も馬鹿だけれど、王から代役を任されている宰相としてしちゃいけないことでしょうに」

山林で出会った小さな魔物のことを思い出す。人並みの知性と理性を兼ね備えた彼は、リチャードの婚約者であるシャーロットが、義妹であるリリィの登場以降、いきなり虐げられ始めたと必死に訴えてきた。

リリィのことはラブもある程度調べた。ハイベル公爵の弟が平民との恋愛の末に市井に降り、そして生まれた一人娘。不幸にも強盗によって両親が殺害され、一人残されたリリィをハイベル公爵が引き取ったという。

それ以降、リリィはリチャードを始めとした数多くの貴公子と共に過ごしていることが多く、難民への炊き出しを率先して行っているというが、それは政府に還元されない無計画な炊き出しで、悪戯《いたずら》に国庫を削るばかりだ。

まるで外見だけ取り繕った令嬢が、上から目線で食料をばら撒いているようにしか見えない。一見善行に見えても、国あってこその生活を揺るがすようでは意味がないのだ。

「貴方……ハイベル家の養女ってどんな娘か見たことある？」

「ええ。この街は伝統的で大きな学院を擁する都市ですから、学生たちの噂話も聞こえてきますし、領主の新しい子供ですからね。実際、街で何度か見かけたことがあります」

「その時どう思ったのかしらぁん？　貴方の直感でいいから教えてちょうだい」

「……伝え聞く話では素晴らしい令嬢というのでどのような方かと思ったのですが、正直……私には底の見えないような薄暗い目をしていて近寄り難いというのが第一印象です」

「そうよねぇ。ワタシもあんなに心が濁った娘は初めて見たわぁん」

ラブも遠巻きにリリィを見たことがあるが、スキル《思念探知》によって知ることが出来たのは、まるでヘドロのように濁った欲望と、自分より優れた者に対する強い嫉妬のみ。

だからといって、リリィが何かをしたという証拠は無いし、具体的に何をしているのかは本人に思い浮かべてもらわなければラブも見極めきれない。現状では穏便な形でシャーロットの名誉を回復させるのは難しいかもしれないと、ラブが諦観《ていかん》を抱きそうになった時、祭司が思い出したかのように告げた。

「そういえば、その少女を最初に見つけてハイベル公爵に伝えたのは、オーレリア宰相らしいですよ？　偶然訪れた街の孤児院に珍しい光魔法の使い手が居るって話したそうで」

「何ですって？」

聖男神教の動きを察知してグランディア王国を訪れたラブだが、一年前に敵対教徒と接触のあった人物の候補として、オーレリア宰相の名前があったのだ。

王が倒れ、王子の散財を見逃す宰相が国の舵を取るようになったのが一年前。リリィの両親が殺害され、公爵家に引き取られたのも一年前。そして、調べた限りではリリィに先天的なスキルは宿っていなかったことを思い返す。

これら全てが、偶然同時期に起きたにしては都合が良過ぎる。根拠は無いが、調べ直してみる価値はあると考えたラブは、そのまま窓から街へ飛び降りていった。

「貴重な情報だわ！　後でご褒美にキスをしてあげるぅ♡」

「え!?　ちょっ!?　冗談ですよね!?　枢機卿!?　枢機卿ぉおおおおおっ!?」

（相手に反省をさせることが出来ないざまぁって、ざまぁになり切れていないのではなかろうか？）

一方その頃、ゼオは静かな寝息を立てるシャーロットと共に布団に包まれながらそんなことを考える。

これまで幾度となくシャーロットに危害を加えようとした者に物理的報復を行ってきたが、それで現状が変わらないのではキリが無い。結局、彼らにとっては理由が一切思い当たらない不幸な出来事でしかないのだから、シャーロットへの行為に対する罪悪感や報いを受けたという気持ちがあるはずもないのだ。

やはり人の体を得て、言葉でシャーロットの無実とリリィの性悪さを証明するべきかと再び思い始める。しかしそれではSP稼ぎの最中に、シャーロットに対する危害への対策が打てないという問題が無くなる訳ではない。

どうしたものか……思考の海に沈むゼオは考えに考え抜いて、ピンッ！　と豆電球が浮かびそうなひらめきが脳裏をよぎる。

（もうビッチをぶち殺しちまえば、万事解決なんじゃなかろうか？　……いや、それやったら連中がどんなことしでかすか分からんのだよなぁ。それに、お嬢の潔白を証明するのにもビッチの証言

が要るかもしれないし)

しかしすぐに首を横に振った。濡れ衣を着せられた時、潔白を証明するには濡れ衣を着せてきた本人の自供が必要になるからだ。

元々アリバイの作りにくい一人での行動が多いシャーロットに提示出来る証拠は殆ど無いし、シャーロットのアリバイを証明出来る者が居ても周辺は敵だらけ。シャーロットを貶める為に嘘の証言をすることもあり得る。

(大体、ビッチを殺したからってスキルの影響が無くなる訳じゃない)

リリィを殺害しても、周囲が持つシャーロットに対する好感度は変わらない。それどころか、最悪八つ当たりや全く根拠も無くシャーロットを悪と決めつける精神状態に陥る可能性もあり得るくらい、リチャードたちのリリィへの執着ぶりは常軌を逸している。

(あー……でもビッチさえぶち殺しちまえば、これ以上酷いことにはならなくなる可能性もあるんだよなぁ。もう一番下まで行ってるから、後は上るだけみたいな)

とは言っても、メリットもちゃんと残っている。これは所謂《いわゆる》賭けだ。勝てばシャーロットの人柄で元の安寧《あんねい》な生活が戻るであろうが、負ければ更に酷くなる。迂闊《うかつ》に決行する訳にもいかない。

(こういう時、ラブさんが協力してくれねぇかな……でも貴族のことに、教会が介入する訳にはいかないっぽいし)

前途多難とはこのことか……こういう時ばかりは、この魔物の体が憎い。戦いでいくら役に立っても、人の思惑が絡む厄介事では殆ど力になれないのだから。

(しかもビッチはビッチで着実に味方増やしてるっぽいし)

シャーロットが王宮へ行き、アルベルトの散財への対策をする為に財務大臣に面会を申し出たのだが、何と次期王妃であるにも拘らず門前払いをされてしまったのだ。しかもただの兵士にである。これは絶対リリィが何かしたに違いないと、ゼオは後からやってきたリリィを喜んで通した門番を見てそう確信した。

(お嬢が頑張って国の為に自分に出来ることをやってたってのに……これ、俺が何かするまでもなくビッチの手によってこの国崩壊するんじゃね?)

国税や貴族の財産がたった一人の強欲な売女《ばいた》によって湯水のように消費されている。これはゼオが何かするまでもなく自滅の道を辿るだろう。そうなると、ゼオとしてはシャーロットがそれに巻き込まれることなく逃がせるようにしたいところだ。

しかし、シャーロットは実の家族を見捨てられるのだろうか。見捨てないだろうなぁ……と、どこか諦観めいた確信を抱くのと同時に、ゼオは前世の家族の姿を思い浮かべる。

……あんな家族でも……息子が、兄弟が死んだら悲しんでくれたのだろうか?

(うわぁ、想像出来ねぇ)

詮の無いことだ。ゼオは頭を振って瞳を閉じ、そのまま睡魔に身を委ねるのであった。

しかし、事態は好転と言っていいかどうかは微妙だが、確かな変化を見せることになる。

しばらくの間、ゼオはシャーロットに危害を加えようとする者が居ないか、彼女に気付かれないようにしながら目を光らせ続けた。幸いと言っても良いのか、ここしばらくはシャーロットに近づこうとする者もおらず、彼女本人は寂しそうにしていたが、それなりに平穏な日々が続いたある日、その男はついにゼオの前に現れた。

「シャーロット!!　お前はまたしても私の愛しいリリィに酷い言葉を投げ掛けたそうだな!?」

生徒会室で作業中、普段はリリィにかまけてばかりで寄り付きもしない生徒会長であるリチャードが、ロイドとエドワードを引き連れて突然現れたかと思えば、そんなことを喚《わめ》き始めた。

「と、突然どうされたのですか？　少し冷静になられてから……」

「これが冷静でいられるものか！　貴様はどこまで醜い女なんだ!?　今日もまたリリィに薄汚い平民の血が混じっているのだから分を弁《わきま》えろなど、王侯貴族らしからぬ言葉で彼女の心を傷つけたのだろ!?」

「そ、そんな……!?　私は今日、リリィを見かけてすら……」

「言い訳など聞きたくありません！　姉上にはとことん失望しました……どうしてこのような者が、我が一族から生まれてしまったのか」

「貴女のような下劣な女性が婚約者とは……殿下には同情を禁じえませんね。リリィの美しい心を傷つけた罪、万死に値しますよ」

そんな彼らの目に映らないよう、《透明化》を発動させているゼオの額に青筋が浮かぶ。

(何だこいつ……!?　いきなり現れたかと思えば好き勝手喚き散らしやがって……！　どこのどいつだこのゴミクズは？)

名前：リチャード・グランディア　種族：ヒューマン
Lv：10　HP：50／50　MP：50／50

攻撃：30　耐久：30　魔力：30　敏捷：30

◆スキル◆
《炎魔法：Lv3》《毒耐性：Lv3》
◆称号◆
《王太子》《劣等感の塊》《浮気者》

（なるほどなるほど、お前がリチャード様とやらか。ある意味パーフェクトなステータスだな……弱いけど）

ゼオがリチャードの顔を見るのはこれが初めてだが、思わず失笑してしまいそうなステータスだ。スキルも大したことないし、称号も良くない。他の二人も似たようなものだ。

「私は……私は、あの子とはここ数日、面と向かったこともありません。リチャード様は、何ゆえ婚約者の私の言葉ばかりを撥ね除け、あの子の言葉のみを鵜呑《うの》みにするのでしょうか？」

「そんなもの決まっているだろう！　愛する女性を信じなくて、一体何を信じろというんだ!?　貴様のような妹を虐げる悪逆な女と比較すること自体が間違っている！」

「リチャード様は……私ではなく、リリィを好いておられるのですね……？」

「当然だ!!　いいか、先に言っておくが。ワタシは必ずや貴様との忌まわしい婚約を破棄し、リリィを伴侶としてみせる！　未来の王妃を虐げた罪を問われたくなければ、今すぐリリィの前で両手両膝と頭を地面につけて、己が行いを詫びろ！　そうすれば国外追放だけで済ませてやる！」

俯き、金髪で目元を隠したシャーロットの声が悲しみと失望に染まっている。それに気付かず、幼少の頃から深い付き合いがあった少女を一方的に罵倒し続ける王子たちを見て、ゼオは額に血管が浮かび上がりそうになった。

（国外追放だけって……それが仮にも幼馴染にかける言葉か……!?）

怒りに震えるゼオ。そんな彼とは裏腹に、シャーロットは顔を上げて努めて冷静な声で宣言した。

「私にも矜持というものがあります。やってもいない罪を、どうして認めることが出来るでしょうか？」

「何だと……!?　貴様……わ、私は王太子だぞ!?　お前はその私を侮辱するかぁぁあっ!?」

迷いを振り払ったかのような毅然とした態度で、真っすぐリチャードを見据えたシャーロット。その姿の何が気に食わなかったのか、リチャードは顔を憤怒に染めながら右の平手を振りかぶる。間違いなくシャーロットを打擲《ちょうちゃく》する気だ。

（やらせるかボケェっ!!）

「ごっ!?　…………が、あぁ……!?」

そんなことをゼオが見過ごす訳がない。既にリチャードの背後に回り込んでいた彼は、両人さし指だけを伸ばした状態で両手を組み、跳躍の勢いをつけた状態で突き出した二本の人さし指をリチャードの肛門に突き刺した。

恐らく王国史上……否、この異世界で一番最初にカンチョーを食らった王子である。珍事として歴史書に載ってもおかしくない。ステータスで見れば攻撃値314と耐久値30という、十倍以上の差で炸裂したこの攻撃は、最早子供の悪戯などという言葉で済ませていいダメージではないだろう。

（もう一発！）

「……～～～～～！？！？」

膝を床につけて崩れ落ちそうになるリチャードを更に追撃するゼオ。しかも今度は《飛行強化》による翼の推進力も合わせた強烈な一撃だ。倒れそうになったリチャードが再び立ち上がるほどの勢いで肛門に食い込んだ一撃は、美形の王子に白目を剥いて泡を吹かせるほどだ。


ブチッ。


その時、ゼオの指先で何かが千切れたような感触がした。まるで肉を強引に千切った……そんな印象を抱かせる感触だ。

「で、殿下ぁっ⁉」

「た、大変だ！　すぐに医務室へ‼」

声も上げることが出来ずに悶絶するリチャードの両側から、ロイドとエドワードが肩を貸して医務室へ連れていく。その背中を見送ったゼオは憮然とした表情で鼻息を零した。

（まったく……我ながら温いざまぁだぜ。せめて精神的にもぶちのめしたいところだったんだが）


【ざまぁ成功によりレベルが4上がりました】

それでもレベルが上がるのは嬉しいもの。ゼオはとりあえず邪魔な男を排除出来たことを喜び、部屋の隅に移動しようとしたが、その背中にシャーロットの普段より低い声がかけられる。

「ゼオ……そこに居るのでしょう？」

これまでシャーロットに悟られないようにこなしてきたゼオによるざまぁが、シャーロット本人にバレてしまったのだ。

「お兄様が大怪我をしたという時からもしやとは思いました。貴方のような小さな魔物に、そんなことが出来ると思ってもいませんでしたから、そうではないと思うようにしていたのですが……最近、私の周りで起きている傷害沙汰《ざた》は、貴方の行いだったのですね？」

思わず身を硬くするゼオ。いくらシャーロットを守るためとはいえ、それはゼオのしたことを正当化する理由にはならないし、するつもりもない。《透明化》を解除したゼオは、潔く叱られるしかないと尻尾を丸めたのだが、そんなゼオをシャーロットが抱き上げた。

「如何なる理由があったとしても、他者を傷つけることは正当化されません。本当なら貴方を叱るべきなのでしょう。……ですが、どうしてでしょうね。浅ましく薄情であると自覚しているのですが、私はリチャード様たちを傷つけたことへの悲しみよりも、あなたが私を守ってくれたことの嬉しさの方が大きいのです」

ゼオは意外に思いながら顔を上げる。そこにはいつもと変わらないシャーロットの穏やかで、困ったような笑みがあった。

「これでは女神に顔向けが出来ませんね。……道を正すことよりも、貴方が私から離れないように保身に走ってしまうだなんて……自分がここまで嫌な人間だとは思いませんでした」

そう言いながらもどこかスッキリしたような表情を浮かべる彼女は、言葉を喋らないゼオに全ては語らない。その代わりに、どこまでも優しく腕の中の魔物の頭を撫でてこう呟いた。

「もし……もし貴方が男の人だったら、とても素敵な方だったのでしょうね。私の理想や想像を含みますが、きっと意地っ張りで、少し卑屈でしつこくて、思ったよりも照れ屋な……とっても優しい人」

彼女の中で何かが変わり始めている。聖女としての本質は変わらずに、リチャードたちに対する何かが変わろうとしていた。その詳細を知る暇もなく、事態は急速に変化していく。

シャーロットが突然、高熱を出して倒れたのだ。

三つの事態が動き出す

謎の超常現象により、王太子リチャードの括約筋が断裂。若くして終生オムツをはくことが約束されたグランディア王国の王子は、末永く後世まで続くちょっとした笑い話として、しばしば挙げられる人物として有名となることとなる。

人呼んで、《オムツ王》。謁見《えっけん》の最中でも、突然異臭を放ち始めることで各国から眉を顰められ、陰で笑い者にされることとなることなど想像もせず、尻を押さえながら悶え苦しむリチャードを見舞ったリリィは、ゴテゴテとした派手な内装の私室に戻るや否や、忌々しげに椅子を蹴り倒した。

「もうっ！　どうなってるのよ!?　お義兄様やアーストに続いて、今度は殿下まで！　あんな惨めな王子と結婚したんじゃ、いくら王妃になったって、私まで笑い者にされるじゃない!!」

防音機能の高い部屋の中は、心優しい令嬢の仮面を剥ぎ取って本性を曝け出せる唯一の場所だ。

つい半刻《はんとき》前までは悲劇に見舞われた王子を心配していたリリィは、部屋の中では大いに不満を零して膨れ上がった苛立ちを少しだけ発散させられる。

「全く、どういうことよ神様。私は世界一高貴で恵まれた女になれるんじゃなかったの？　今までは上手く回ってたのに、最近はこんなのばっかりよ」

天井に視線を向け、自分をここまで導いた何者かに問いかけるが、当然その答えは返ってこない。一体どうすれば憂さを晴らせるのか、広いベッドの上をゴロゴロと転がりながら考えていると、その脳裏に一人の女の影を映し出す。

「そういえば……シャーロットにリチャード殿下をけしかけたらこうなったよね？」

今となってはその意義も失っているが、一刻も早く王子の婚約者という立場を得たかったからそうしたのだが、その結果リチャードの美男としての魅力が根こそぎ吹き飛ばされてしまった。地位はあっても自分の価値が下がる相手との結婚は御免こうむる。

「いい加減目障りなのよねぇ……そろそろ消えてもらおうかしら」

神様から貰ったスキルがあれば、他人を誘導していくらでも手段を用意出来るだろう。評価が最低にまで落ちたシャーロット一人葬ることなど容易《たやす》い。

「最後くらいは殿下にも役に立ってもらおう。シャーロットもまだ殿下のことが好きみたいだし、最後は殿下自らに裁いてもらえれば本望でしょ。それが終わったら他国の王子様に引き合わせてもらおうかしら……隣国の美形王子に見初《みそ》められて、最後にはその国の王妃になる国を越えた恋愛……ロマンチックでいいじゃない！　まさにヒロインって感じ！」

皮算用にもほどがある妄想に醜悪な欲望を渦巻かせながら、リリィはその嗜虐心をシャーロットに向ける。

人の悪業に限度は無い。その凶悪さは悪魔などとは比べ物にならず、ひとたび権力を手に入れた愚者が際限なく繰り返す悪行は、人と国を滅ぼし、他国までも蝕《むしば》もうとしていた。


家に戻ってしばらく経ち、就寝前に突然シャーロットが床に倒れた。

「あ……れ……？　私……一体どうして……？」

（お嬢!?　おい、しっかりしろ！）

顔は赤く熱を放ち、息も乱れがちだ。ゼオは翼を羽ばたかせながらシャーロットの体をベッドの上に持ち上げ、体に布団を被せる。

「風邪でも引いたのでしょうか……？　なら、これで……」

どうやら意識はハッキリとしているらしい。シャーロットは淡い緑色に輝く右手を自身の胸に当てた。スキルの治癒魔法を詳しく調べると、使用出来る魔法の種類やその詳細を知ることが出来る。彼女が今使っているのは、病原菌を死滅させ、体の異常を正常に整える《リカバリー》という魔法だ。

（ここ最近、ずっと忙しかったからな。体調を崩しても仕方なかったかもしれん。とにかく、これで一安心……）

しかし、ゼオの安堵は続かなかった。風邪くらいならすぐさま治せるはずの魔法を使ったのに、どういう訳かシャーロットの容態は目に見えて悪化し始めたのだ。

「はぁ……！　けほっ！　けほけほっ！　……はぁ……！」

（おいおい……！　良くなるどころか悪化してんぞ⁉　どうなってんだ⁉）

赤かった顔はより赤く、荒かった息はより荒く、額には汗が滲み始めている。むしろ治癒魔法を使ったことで余計に苦しんでいるように見える。ただの風邪とは到底思えないゼオは、《ステータス閲覧》で彼女の状態を徹底的に調べ上げた。

名前：シャーロット・ハイベル　種族：ヒューマン（状態：デスコル風邪）
Ｌｖ：10　ＨＰ：20／21　ＭＰ：７９４／７９８

【デスコル風邪】

【発病例が極めて少ない奇病中の奇病。風邪に似た症状をもたらすウイルスが病原体で、進行は極めて遅く、感染力は皆無だが大抵の人間が寝て休めば治るという慢心を抱く裏をかくように、症状は治まることが無く、発病者を徐々に蝕んでやがて死に至らしめる。更に厄介なことに、魔力を吸収して活性化するため、スキルや魔法で回復を試みれば悪化する特性を持つ。現状では、生のモンドラゴラの根をすり潰した生薬が特効薬】


この説明を聞いて、ゼオは苛立たし気に床を殴りつけた。

（このまま放っておけば、お嬢が死ぬってか？　冗談キツイぞ……！）

この世に人の運命を定める何者かが居るとするならば、そいつは絶対にロクな奴ではない。

シャーロットから家族も、友人も、婚約者も、信頼や愛も何もかも奪っておいて、最後には苦しみながら死ねというのか。

「……はぁ……はぁ……ゼオ……」

「……っ!!」

朦朧とする意識の中、ゼオの手を指先で撫でながら名前を呼ぶシャーロットに、小さな魔物は奥歯を噛みしめる。

死なせてなるものか。ゼオは《透明化》のスキルを使い、急いで水桶とタオルを拝借して、濡れタオルを額に置いて少しでもシャーロットの体温を下げようとする。そして部屋の本棚を漁り、一冊の本を猛烈な勢いでめくり始めた。

シャーロットが病によって死を突き付けられている今、唯一の希望は治療法が分かっているということだ。救護隊に志願するだけあって、シャーロットは薬草学にも興味があるらしく、部屋には薬草図鑑が置いてあるのをゼオは知っていた。

(あった！　これがモンドラゴラだ！)

人型の根を持つマンドラゴラに近い物として、まるで獣の上半身のような根と、スズランのような小さな青い花が連なっているのが特徴の薬草だ。

大量の人の血液で育つマンドラゴラとは対照的に、大量の魔物の血液で育つらしいが、基本魔物《モンスター》の血を恒常的に入手するのは難しく、栽培はされていない。入手は冒険者を雇うのが一般的。

魔物の血液というよく分からない成分で育つだけに生で服用すること自体無く、乾燥させて滋養を高める煎じ薬にするのが一般的なようだ。

（モンドラゴラが育つ条件は大量の魔物の血……。でもそんなん、いくら魔物を殺して血を集めたとしても一朝一夕で効能を発揮するほど育つとは思えねぇ。自然に生えているのを見つけるしかねぇってことか？）

となると、魔物除けの魔道具の外に出るのは必要不可欠。図鑑の説明を見る限り、人里では乾燥した物ばかりを使っている上に、冒険者を雇うことで費用も嵩《かさ》むので生の物が置いてある可能性は極めて低い。

探しに行くしかない。シャーロットの傍を離れるのは気掛かりだが、行かなければ彼女が死ぬのだ。ゼオは決意を胸に宿し、熱に浮かされたシャーロットが眠るのを待ってから、窓から外へ飛び立つ。

（待ってろお嬢。俺が絶対にウイルスをざまぁしてやるからな！）

真ん丸の月が夜空に浮かぶ下で、ラブはランプを片手に無人となった民家に足を踏み入れていた。強盗殺人に遭った家。当時は周囲に血が飛び散っていたであろう部屋は奇麗に清掃されているが、曰く付きなだけあって未だに買い手が見つかっていないと嘆く今の持ち主と接触、ちょっとした寄付金を代価に浄化するという名目で中に入ったラブが、《思念探知》のスキルを発動した瞬間、彼女は顔を顰めた。

「何てことを……これが大事に育ててくれた両親に対する所業なのかしら……」

この部屋にこびり付いた、リリィの実の両親の残留思念には娘に対する得体の知れない恐怖と絶望、妻が見た最期の光景であると思われる夫の血塗れの遺体と、母の口を塞いで歪な笑みを浮かべながら包丁を振りかざすリリィの姿が鮮明に浮かんでいた。

「強盗殺人はリリィ嬢の仕業だったわけねぇん。でも一年も前で、物的証拠も捨てられている可能性は高いわねぇ」

捜すだけ無駄足になるかもしれない。スキルによる証言では証拠にならない上に、下手に問い詰めれば教会とグランディア王国の条約違反と捉えられてしまいかねない。やるなら自然な状況で、い、い、い、リリィの口から告げさせなければならない。

「となると、手段は選んでいられないわねぇ。あんまり趣味じゃないんだけど、ア、い、アレの準備をしておいた方が良いかしら」

そう呟いたラブは、家の持ち主との約束を果たすために、何よりも一人の宗教者として、ここで無残に実の娘に殺されてしまった夫婦を想い、片膝をついて目の前で両手を組み、鎮魂の聖句を唱える。

スキルにも記された破格の聖句詠唱は、部屋にこびり付いた恩讐《おんしゅう》と恐怖を祓《はら》い清める。《思念探知》のスキルでも残留思念が感じられなくなるのを確認してから外に出たラブは、一度この農村をグルリと見渡した。

（ここはコルヴァス伯爵領……オーレリア宰相が本拠地に構える王都からも、ハイベル公爵領からも遠く離れた……言っては何だけど農家ばかりの田舎がリリィ嬢の故郷だというけれど……だとするとますます宰相閣下が怪しいわぁ）

宰相の仕事は王宮仕えの事務官の総纏めと、国王の執務補佐だ。領地巡回は仕事ではない。多忙であるはずの宰相が意味も無くこの地を訪れるとは考えにくいし、一切経営に携わっていない孤児院を訪れる理由も謎だ。

（その上、彼女は生まれ育った村の中では随分と嫌われてたみたいねぇ）

姿格好から大いに怪しまれもしたが、女神教の祭司という立場はこういう時に便利だ。話すだけで伝わる人柄のおかげで、それとなく当時のリリィの評判を村人から聞くことが出来たラブは、ハイベル公爵領との違いに大いに驚いたものだ。

『あの子って、何かにつけては農作業はダサくて疲れるから嫌だとか、私にはもっと相応しい高貴な生活があるとか、頑張って働いている皆の前で大声で不満を零してたのよ。ホント、嫌になるわ。農業が嫌なら出ていけって感じ』

『ちょっと見た目の良い男が居たらすぐに言い寄ろうとするのよね。大して可愛くもないくせに、自分は可愛いって思ってるみたいだし。しかもそれで袖にされたら罵倒とヒステリーの嵐。自意識過剰っていうか、ナルシストっていうか、とにかくウザい子だったわ』

『俺、結婚を考えながら付き合ってる彼女居るのにあの女に言い寄られたことあるんだよ。彼女居るから無理って断ったのに、自分の方が可愛いに決まってるとか、私よりあんなブスの方が良いのって……ホント、何様のつもりなんだっての。あー、思い出したら腹立ってきた』

『あの子の両親は良い人だったよ。真面目で人当たりも良い。でも娘さんの教育だけは間違えたみたいでねぇ、最期が最期なだけに浮かばれんでしょう。あの夫婦には悪いけれど、ワシらはリリィが街の孤児院に移ってホッとしてる。何せ、居るだけでその場の雰囲気が悪くなってたからねぇ』

もうこれだけでも、リリィが普段性格を取り繕っているということが分かる。しかしそんな仮初《かりそめ》が、社交の魔窟《まくつ》に暮らす貴族たちに通用するとは到底考えにくい。

何かがあるはずだ。リリィをそこまで成り上がらせた何かが。リリィの罪を確信したラブは、急いでハイベル公爵領へ向かって疾走した。遠く離れてはいるが、休憩を取ったとしても明日の昼過ぎには到着するだろう。

モンドラゴラを手に入れるための壁

空が白み始めた。夜闇は地平線から現れる太陽に追いやられ、早朝独特の寒さが山林を包み込む。深夜直前にシャーロットの部屋から飛び出して一夜が明けようとしているが、ゼオは未だにモンドラゴラを見つけることが出来ていない。

(だぁぁあっ!! どこにあるってんだよ!?)

元々、ゼオの目は闇に対応していない。現代地球と違って空気が途方もなく澄んでいるこの異世界では、星や月の光だけでも行動が出来るのは幸いだったが、流石に山林の中で探し物をするには困難である。

(落ち着け、俺。モンドラゴラの発生条件は大量の魔物の血……大型の魔物や群れの死体の傍が一番生えてそうな場所だ。目星はついている)

しかし、肝心の死体がどこにあるのかは分からない。魔物の体になっても、嗅覚が特別優れるようになった訳ではないのだ。

(って、嗅覚? そ、それだ! 《技能購入》でスキルを買えば良かったじゃんか!! 何でもっと早く思いつかなかった俺!? 完全に無駄足踏んでたぞ!)

自分自身を罵りながら、《技能購入》を発動する。頭の中で明確なイメージとして浮かび上がるスキル名の中から、必要そうなスキルを二つほどピックアップした。

《嗅覚強化》　必要SP：100
《嗅覚探知》　必要SP：130

一見すると似たようなスキルだが、実は大きく異なる点がある。嗅覚そのものを鋭敏化させる《嗅覚強化》だが、それが何の匂いであるかを嗅ぎ分けることが出来なければ探し物には向かない。同じ品種の犬が二匹並んでも、人間では臭いでどちらがどの個体であるかを嗅ぎ分けられないのと一緒だ。

一方、自分が嗅いだことのある匂い一種類に限定し、それに対して嗅覚を敏感にする任意発動型スキル、《嗅覚探知》はゼオ向きのスキルであると言える。何せ一種類の匂いのみに集中すればいいのだ。このスキルでなければ木々や土、獣臭が混じった外気の中にある魔物の血の匂いを嗅ぎ分けることが出来るとは到底思えない。

（これを買ったら今のSPが殆ど無くなるけど、背に腹は代えられねぇ。購入だ）

ステータスに新しくスキルレベル1の《嗅覚探知》が追加される。どうやら記憶にある匂いを思い浮かべながら発動すれば、鼻が自然と捉えてくれるらしい。これまで何匹もの魔物を倒してきたゼオは、魔物の血の悪臭を思い浮かべながら《嗅覚探知》を発動した。

（臭《くさ》っ!?　こ、この鉄分に腐った生ゴミをブレンドして温めたみたいな臭いは……こっちか？）

スキルレベルが低いのでちゃんと探知出来るかが心配だったが、流石に魔物の生息域なだけあって流血が多いらしい。鼻をヒクつかせて匂いの元を辿っていくゼオだが、すぐにモンドラゴラが見つかった訳ではない。血の量が少ないのか、既に引き抜かれた後なのか、何度も外れを引いては悪臭に吐きそうになり、それでも歯を食いしばって探し続けていると、一際濃い血の匂いを探知した。

(おぇぷっ!?　こ、これは強烈……！　で、でもこの先は期待しても良さそう……おえぇぇえっ!?)

近づけば近づくほどに鼻に突き刺さる悪臭に耐えながらゼオは進む。そして行き着いた場所は、以前レベル上げに訪れた時に見かけた、断崖に爪で掘られた洞穴だ。

中から漂う悪臭に耐え切れず、スキルを切って奥へ踏み込んでいくと、入り口付近では気付かなかった腐臭が鼻を衝《つ》く。そしてまだ日の光が届く最奥《さいおう》に辿り着くと、そこは円状に開けた空間で、ところどころに血痕や魔物の腐肉や骨が散乱していた。

(あ、あった!!　モンドラゴラだ!!)

そして遂に見つけた。図鑑でも見た青くて小さな花が連なっているモンドラゴラだ。《鑑定》で確認してみても同じ結果が頭に浮かび上がる。これでシャーロットを治療出来ると、喜び勇んでモンドラゴラの草花を根元から鷲掴みにしたゼオだが。

「グルルルルゥゥ……！」

「ギャウッ!?」

背後から聞こえてくる、大型肉食獣のような唸り声に驚いて、ゼオは草花の根元を引き千切ってしまった。

(や、やべぇ!?　やっちゃった！　これ、すぐに根を掘り出すとか無理だろ!?)

後ろをそっと振り返る。洞窟の入り口から照らされる光に浮かぶその姿は、三本の角と黒い体毛が生えた巨大な熊だった。

（こ、こいつ……！　お嬢に会う前、俺を渓流に突き落とした角熊じゃねぇか！）

種族：オーガベア
Ｌｖ：31　ＨＰ：５１３／５１３　ＭＰ：５００／５００
攻撃：４２１　耐久：４１１　魔力：３７８　敏捷：３４４

◆スキル◆
《剛獣毛：Ｌｖ７》《風刃：Ｌｖ４》《火の息：Ｌｖ５》《木登り：Ｌｖ６》《裂撃強化：Ｌｖ７》《嗅覚強化：Ｌｖ６》《衝撃耐性：Ｌｖ６》
◆称号◆
《捕食者》《飢えた獣》《最終進化体》

（この状況で、ステータスだけ見れば俺のほぼ完全上位互換かよ……！）

ゼオのステータスで上回っているのは敏捷値のみ。それもほんの僅かだけだ。出口を塞がれるような立ち位置。体格差を活かせば、四つん這いの体の下を潜り抜けるように逃げることも出来るのだろうが、ゼオは地中に残っているモンドラゴラの根に視線を向ける。

（他のモンドラゴラを見つけられる保証は無い。それに、多分あいつは俺を逃がさねぇ）


【オーガベア】

【岩壁を掘って巣を作る習性があり、食事の際は獲物を巣穴に持ち帰って食べる魔物。ひとたび獲物と狙いをつければ、地の果てまで追いかける執念深さを持つ】


《嗅覚強化》のスキルがあるので逃げても追いかけ、最悪魔物除けの魔道具すら越えてくる可能性もある。あらゆる意味で、この強敵との戦いは避けられない。


「ガァアアッ!!」

「グォオオオオオッ!!」

やるしかないと覚悟を決め、二体共に威嚇の咆哮を上げる。声量の違いに圧倒されそうになりながらも、ゼオは引き千切った花を目印になるように置いて、オーガベアに向かって四つ足で駆け出した。

（こんな所で戦ったら、モンドラゴラまで巻き込まれちまう。まずは外に……！）

ゼオの主力は《火の息》。オーガベアも同じスキルを持っている。おまけに天井がそこまで高くないこの洞穴は、あらゆる意味でゼオに対して不利に働いている。まずは外に出なければ話にならない……そんなゼオの考えなど関係無しに、オーガベアは右腕を振り上げる。

「っ!!」

太く鋭い三本の爪が並んだ手がゼオを切り裂こうとした瞬間、ゼオは突然加速した。その四肢は地に付いておらず、《飛行強化》のスキルで走る以上の速度を叩き出す地面スレスレの低空飛行でオーガベアの開けた体の下を潜り抜ける。

「ガアアアアアッ!!」

追いかけるオーガベア。しかし、ゼオが洞穴を抜けた瞬間に上昇したことにより見失ってしまう。本能的に鋭敏化された嗅覚でゼオを捜し出し、オーガベアは片腕を斜め後ろに向かって振り抜いた。

(あっぶね!? そ、それだけは当たっちゃいかんやつだろ!?)

爪から生じて飛来する、三つに並んだ風の刃が、ギリギリで避けたゼオの角を掠《かす》める。この《風刃》のスキルは、爪や牙、角などによるダメージを増やす《裂撃強化》と組み合わせることによって威力が上がるということは、《技能購入》のスキル説明で知っていたので、ゼオはオーガベアと会敵した初めからこの攻撃だけは警戒していた。

(でも速過ぎんだろ……! 角がちょっと欠けたぞ!?)

自分の角の先を少し切り飛ばされ、岩の断崖に深い裂傷が刻まれるのを見て、ゼオは背筋が凍る思いをする。遠距離からの打ち合いは最初から無謀だと分かっている。MPが相手の方が多く、威力も高いのなら当然のことだ。

(でもだからっていつまでも出し惜しみしてても意味は無い……長期戦は不利、この戦い短期決戦で終わらせてやる!)

何より一人置いてきたシャーロットが心配だ。ゼオはオーガベアの口から吐き出される火球や二撃、三撃、四撃と飛来する風の刃を腕の軌跡で見極めながら上空を旋回しつつ回避。螺旋《らせん》を描くようにゆっくりと降下して近づき、体格故に小回りの利かないオーガベアの背中に張り付いた。

（よしっ！　マウント取った！　体の構造上背中に張り付いてる奴に攻撃は出来ねぇだろ！）

加えてスキルを見ても、この状態で攻撃出来る手段は無いと確信している。残る問題はこの状態で防御スキルである《剛獣毛》を持つ敵をどうやって倒すかだが、スキルの詳細を知ることが出来るゼオは、その弱点を一目で看破していた。

（冷気や電撃、打撃とかにはとことん強いが、毛なだけあって火にはとことん弱いってことは分かってんだ！　くらえっ！）

竜の口から火球が吐き出される。爆発の衝撃と共に火炎がオーガベアの背中や後頭部に広がり、硬い毛皮は異臭を放ちながら焼け縮れていく。

「グガァアアアアアッ⁉」

悲鳴を上げながら暴れるオーガベア。しかし攻撃に手足を用いないゼオは、両手両足でしっかりと背中に張り付くことが出来、離れることはない。

（無駄無駄無駄！　このまま一気に倒し切ってや――――）

攻撃は当たらない。その慢心が命取りだった。ゼオを振り払えないと悟ったのか、オーガベアは岩の断崖に自分の背中を強かに打ち付けたのだ。

（そ……そう来たかぁ……！）

名前：ゼオ　種族：プロトキメラ
Ｌｖ：25　ＨＰ：２１３／４５１　ＭＰ：３１０／４４８

体勢的にちゃんと力が乗っていないのだろうが、HPが一撃で半分以上削られた。翼は酷く痛む。振り向いてみると、両翼がおかしな方向に折れ曲がっている。

だが、それでもゼオはオーガベアを放さない。痛みを噛み殺すように歯を食いしばり、全身に嫌な汗を掻くのを感じながら、それらを振り切って火球をぶつけ続けた。

「グルガァアアアァッ!!」

「ギャグゥッ!?」

再び岩に叩き付けられるゼオ。痛みで意識が飛びそうになるが、先ほどよりもダメージは少ない。爆発する火球がオーガベアの頭に直撃し、脳を揺らしたことで四肢の力が緩んでいるのだ。

しかしダメージが大きいことには変わらない。何度も喰らい続ければ、先に倒れるのはゼオの方だ。本当なら背中から離れて仕切り直したいところだが、翼が折れて飛行出来ない状態では、《風刃》や《火の息》のいい的になってしまう。ゼオがこの難敵に勝つには、ここしか活路が無いのだ。

「グブッ……ガァァアアアアァッ！」

小さな魔物は絶叫しながら火球を連発する。鬼熊はひたすら背中を断崖にぶつけ続ける。最早意地の張り合いだ。どちらが先に音を上げるのか、生き残りを懸けた野生の戦い。

(痛い……！　苦しい……！　折れた骨が肉を抉ってる……！　でも、これで倒せなきゃ負けるのはこっちだ……！)

痛みなどに負けて堪るか。ここでモンドラゴラを手に入られなければ、誰がシャーロットを救うというのだ。その一念だけで火球を吐き出し続けるゼオだが、現実というのは非情なもので、オーガベアを倒し切れないままMP切れになってしまう。

（くっそ!?）

それと同時にダメージが重なった影響が毛皮を掴んでいた手足にも及び、ゼオは暴れるオーガベアに投げられるような勢いで振り払われ、木に叩き付けられる。そして怒りに任せて即座に放たれる風の刃。それをゼオは転がるように回避した。

種族：オーガベア（状態：混乱・火傷）
Lv：31　HP：102／513　MP：381／500

相手のHPは100以上、それに対してゼオの残りHPは20を切っている。だが肉を切らせた連撃は無駄ではなかった。毛皮は焼き払われ、大きく露出した皮膚は消失、筋肉繊維が焦げているのが見える。状態異常もあってか、四肢も覚束《おぼつか》ない様子だ。

（あの傷口が活路になる……後は攻撃手段さえあれば……！）

その時、ゼオの手に一本の木の枝が触れる。先ほど、オーガベアの攻撃で切り落とされた太い枝だ。斜めに切断されたその先端は尖《とが》っている。

（ラ、ラッキィー！　武器ゲット！　これで……！）

幾重にも分かれた枝葉が付いていて取り回しは出来ないがそれで十分。説明で聞いた執念深さを裏切らないかのように、こちらに向かって遠距離攻撃を放つオーガベアを前に、可能な限りその場から動かず回避に専念するゼオ。風の刃で背後の木は切り株になっていた。

やがてしびれを切らした鬼熊は近接戦に移行するが、その突撃に合わせて振るわれた剛腕を紙一重で躱《かわ》したゼオは、オーガベアの突進力を逆手《さかて》に取って、切り株をつっかえにして木の枝の先端をオーガベアの顔に向け、その右目に深々と突き刺した。

「ゴガァアアアアア!?」

恐らくこの戦闘で一番大きなダメージが入ったことだろう。抉り貫かれた右目を押さえながら悶絶するオーガベアの焼け爛《ただ》れた首筋に、ゼオは力強く噛みつく。

ステータスの耐久値、その大部分は皮膚に宿っているものだ。筋肉が露出した状態なら、オーガベアの耐久力でもゼオの攻撃で貫くことが出来る。滴る血液の臭さと不味《まず》さを振り払い、全ての牙を血肉に突き刺したゼオは、オーガベアの太い血管を噛み千切った。

「ゴ……ガァ……ァ……」

血泡を吹き、くぐもった断末魔と共に、地面に響く音を立てながら倒れ伏すオーガベア。その死体を見下ろし、ゼオもまた倒れそうになるが、それを気力一つで支えて洞穴《ほらあな》に足を進める。

(お嬢……待っててくれよ……ていうかこの翼、時間経過で治るかな……?)

HP回復を兼ねて慎重にモンドラゴラの根を掘り返し、途中まで徒歩で帰路についていたゼオだが、無事にHP回復と共に翼が修復されてホッと一息吐いた。

(普通、添木とかしないと変な方向に曲がったままになるもんだと思うんだけど……もしや、これが噂に聞く転生特典ってやつか?)

何にせよ、これで急いでシャーロットの元に帰れる。既に太陽は真上に位置し、ゼオが居ないと分かった彼女は、無理を押して捜し回っているかもしれない。すぐに姿を見せて安心させ、モンドラゴラをすり潰した生薬を飲まさなければ。

ゼオはバツが悪そうな顔を浮かべながら、相変わらず日当たりの悪いシャーロットの部屋の窓から中に入る。

（お、お嬢ー？　起きてる……？　ていうか、もしかして心配して怒ってたり……）

死闘を切り抜け、特効薬が手に入ったことで何処か安心していたところがあったのだろう。そんな悠長で場違いな心配をしていたゼオだったが、そんな杞憂《きゆう》は一瞬にして吹き飛ばされる。

（な、何だこれ？　どうなってんだ!?）

強引にこじ開けられてドアノブが歪んだ扉に、泥の付いたいくつもの靴跡と乱れたベッド。明らかに荒らされた部屋の中には、シャーロットの姿はどこにも無かった。

魔物はただ、恩人の為に空を飛ぶ

太陽が昇り、普段学院に通う時刻を完全に過ぎた頃になって、シャーロットは目を覚ました。熱に浮かされて痛む頭に眉根を歪め、昨日何が起きたのかを思い出す。

（私は眠ろうとしたら倒れて……そういえば、ゼオは……？）

いつも目が覚めた時には傍に居るゼオの姿が見えない。代わりに、いつの間にか額に載せられた濡れタオルとベッドの脇に置いてある水桶、そして床に広げられた薬草図鑑を見て、あの小さな魔物の行動を察してしまう。

（そうですか……あの子は、薬となる物を……）

つくづく変わった魔物だと、シャーロットは小さく笑う。人の言葉を解するばかりか、病に倒れた者への対処法まで知っているなんて、まるで人間のようだ。

そんな彼が今、シャーロットの為に野山を駆け巡っている。願望に近い、根拠も無い想像だが、そう考えると自然と胸の内にえも言われぬ感覚が込み上げてきて、シャーロットは胸の中心を両手で掴むように服を握り締める。

（ずっと忘れていましたが……誰かが私の為に行動してくれるというのは、面映《おもは》ゆくもあり、泣きたくなるくらい嬉しくもありますね）

幼少の頃から女神教の信者として、王太子の婚約者として生きてきた。民の血税によって恵まれた生活を送る自分には、見知らぬ民草の暮らしを守る義務がある。

だからこそ、幼き日の彼女は「良い人になろう」と決意した。人に優しくされたのなら、人に施しと慈悲を与える人間になろう……そんな誰でも知っているような道徳をこれ以上は無いくらい実践してきた。

思春期の頃は自分の在り方が偽善なのではと悩みもしたが、良心に従うということは決して間違ってはいない。初めは意志の力で、やがてそれはシャーロットの性格になった。

苦しむ者が居るのなら、自分が真っ先に手を差し伸べられる……そんな聖女じみた生き方は周囲から称賛されてきたが、それが彼女には何よりも面映ゆくあったのだ。

（私の意思に拘らず、利己が混じった時点で聖者は聖者たり得ない。だからそう呼ばれるのはただひたすら畏《おそ》れ多かった）

もし仮に、シャーロットにもステータスを閲覧出来るスキルがあり、自分の称号に《聖女》などと記されているのを知ったら、恥ずかしさで赤面は必至だったろう。

そもそも人である以上無欲ではいられない。どんなに悟りを開いた者であっても、こう在ってほしい、こう在りたいという願いからは逃れられない。

シャーロットの普段隠された根幹にあるのもまさにそれだ。しかし、女神の教えはそれで良いという。願いと欲を抱くのが人の振り払えない業であるというのなら、せめて他者を想い、愛することを忘れないでほしいという主の願いを聞いて、彼女は信仰の扉を開いたのだから。

結局のところ、真の聖者というのは何処にも居ないのだ。どれほど徳を重ねた者であろうと、善行を行う自分が好きで、悪行を為す自分が嫌いだからそうしている部分がどうしてもあるのだから。

そういうどうしようもないことは気にせず、ただ良心の訴えに従って謙虚に善行を重ねるのみ。

……ただ、リリィが現れてからというもの、シャーロットの中の教義が揺らぎつつあった。

どんなに真摯に問いかけても、どれほど誠実に対応しようとも、これでもかというほど良き人であろうと行動してみても、リリィに魅了されてから突然のように態度を急変させた家族や友人、婚約者には届かなかった。

シャーロットとて、清濁《せいだく》併せ呑む一人の人間だ。自分がどんなに彼らのことを想っても、何の理由も無く蔑《ないがし》ろにされて何も感じるなという方が無理がある。

両親が王太子妃の座をリリィに譲らせ、シャーロットは二周りも年の離れた獣の如き男に嫁がせようと画策していたことを知っている。

使用人たちがシャーロットの身の回りの仕事を放り出し、わざと冷えて不味くなった食事に異物を混ぜていたことも知っている。

兄や弟が何かにつけてシャーロットの為すことに道理が伴わない不満を零し、作業の邪魔をして評価を下げようとしていることも。

リチャードに至っては、正面から堂々と自分を嫌悪し、リリィを愛していると告げたのだ。

（どうして……と、これまでの思い出を無にしてまで誇る彼らに思うところを抱かないのは、それこそ人ではないでしょう）

愛しているからこそ負の感情は強くなり、そんな自分が嫌で嫌で仕方がなかった。いっそのこと心を持たない人形にでもなれれば、こんな苦しい思いはしなくても良かったのではないかと、いつか全てが元に戻るのではないかというか細い希望に縋《すが》りながら生きてきたのだ。

（でもそんなある日に、ゼオと巡り合ったのですね）

あの日、余裕を無くしていた自分の意思を押して、彼を助けて良かった。シャーロットが苦しい時や悲しい時、必ず優しく寄り添い、その小さな手で出来る何かをしようとするゼオは、シャーロットの救いとなった。

善行とは他人の為だけではなく自分の為にもすること。行いには行いで返ってくるという教えに反する現状の中で、ただ一匹だけシャーロットの為に怒ってくれたゼオの存在が、彼女には泣きたくなるくらい嬉しかったのだ。

（その結果、私が愛している人たちが傷ついているのに……何て醜くて浅ましく……そして尊いと感じる想い……）

これのどこが聖女なのだと、シャーロットは自嘲《じちょう》する。しかし、そんな彼女の良心によって救われた者が大勢居るからこそ、彼女は聖女の称号をステータスに認められたのだ。

　聖者などとは程遠い、愚かな偽善者であることは自分自身でも分かっている。しかし、今までの善行の全てが報われた気がしたのだ。そのくらい自分を大事に想ってくれる者が居てくれたことを考えていると、無性にゼオに会いたくなった。

　熱と頭痛で重く感じる頭をゆっくりと起こし、ベッドから離れてゼオを捜しに行こうとしたその矢先、突然部屋の扉が荒々しくこじ開けられた。

「そこを動くなっ！　大罪人シャーロット・ハイベル‼」

　仮にも貴族の娘の部屋に無遠慮に入り込んできたのは帯剣した鎧に身を包んだ一団。彼らが犯罪に対する抑止を旨とした王国政府お抱えの騎士団であるということは、鎧の胸の部分に刻まれた花の紋章で一目で見抜くことが出来た。

「貴様が敵国アインガルドと密通《みっつう》していることは調べがついている！　この売国奴め……貴様を王都裁判所へ連れていく為に逮捕する！」

「なっ……⁉」

　全く身に覚えの無い冤罪《えんざい》に熱で痛む頭が真っ白になり、力の入らない体は傷跡が残りそうな強さで乱暴に縛り上げられる。倒れそうになっても無理矢理立たせて引きずるように連行されるシャーロットは、心底忌々し気にこちらを睨む家族やリチャード、そして何故かこの場に居る澄まし顔のオーレリア宰相、そしてそんな彼らの陰に隠れて口を三日月のように醜悪に象《かたど》るリリィを見て、ようやく諸悪を確信する。

　冤罪を被せられたシャーロットだったが、彼女の心の中にあるのはただただ声の届かない場所にいる者への祈りだけだった。

――ゼオ、来てはいけません……！

あの小さな魔物は、きっとまた戦うことを選んでしまうだろう。しかし騎士団を相手に勝てるなどとは到底思えない。今彼がこの場に現れれば、待っているのは魔物の討滅《とうめつ》という大義名分を得た騎士の蹂躙《じゅうりん》のみ。

シャーロットは、ゼオの無事だけを願っていた。

モンドラゴラの根を握り締め、《透明化》を維持し続けたまま館の隅から隅、街の隅から隅、果てには街の外まで当てもなく、寝食すら忘れているのではないかといった様子でシャーロットを捜し続けたゼオだが、三日後の夜になっても見つけることが出来なかった。

（お嬢は明らかに無理矢理何処かに連れ去られている……！　館の使用人とかはいつも通り仕事してるから強盗とかじゃねぇ。なら、どう見ても体調の悪いお嬢にそんなことをすんのは、ビッチやバカ王子の仕業に違いねぇ……！）

しかし、シャーロットどころかリリィの姿もリチャードの姿も見えない。彼らだけではなく、公爵家一家やリリィの取り巻きをしているエドワードもだ。

（やべぇ……！　俺、この街の地理すら明るくないのに、他の街が何処にあるかなんて知らねぇぞ……!?　もしかして……人目につかない所で始末……）

途方もない嫌な想像が頭に浮かび、それを振り払うように首を左右に振る。まだ確信を得たという訳ではないし、もしかしたら何処かに無傷で捕らえられているのかもしれない……そんな0％に近い楽観を必死に思い浮かべていると、街を駆け回っている一人のオカマを見つけた。

（ラブさん！）

「！　この思念は……良かった、そこに居るみたいねぇ！　やっと会えたわぁん！」

スキル《思念探知》によってゼオの声にならない強い呼びかけに答えたのはラブだった。透明になっているゼオの方に顔を向け、深く安堵の息を吐いている。

「ワタシもアンタに伝えなきゃいけないことがあって捜してたのよぉ。ここじゃあ人目について話しにくいわ。一度教会に行きましょう」

急いで教会に移動し、人が居ないことを確認したラブ。そんな彼と対話するために、ゼオは《透明化》を解除した。

「まずは何があったのか聞かせてもらえないかしらぁ？　アンタが知っていること、全部ね」

その瞳には、知り得る全てを話せという強い意志が込められている。今は少しでも情報が欲しいのはゼオも同じなので、彼はラブに従うことにした。

ゼオに他人のスキルや物の詳細を知る力があるということ。リリィに《感情増幅》というスキルがあり、それで好き勝手しているということ。普段はシャーロットの身の回りに潜んで護衛していたが、不運にも彼女がデスコル風邪に患《かか》ったため、その特効薬となる生のモンドラゴラの根を採取しに行って帰ってきたら、シャーロットは既に何処かに連れ去られてしまった後であったということ。その全てを彼は強い思念に乗せてラブに伝えた。

「……正直、疑いたくなるような荒唐無稽《こうとうむけい》な話が混じっていたけれど、信じるわ。アンタはこんな状況で嘘を言うように見えないしねぇん」

（それより教えてくれ！　お嬢は何処に居るんっすか⁉）

「そうね……とりあえず、冷静に聞いてちょうだい」

やや言いにくそうに顔を歪めたラブだが、それも一瞬のこと。次の瞬間には真剣な眼差しでゼオを見据え、残酷な事実を彼に伝えた。

「シャーロット嬢は明日処刑される身として、今は王都にある地下牢に居るわ」

（………は？）

何を言っているのか理解出来なかった。いや、正しくは理解したくなかった。たった半日ほど傍を離れただけで、何故そうなるのだ……。ゼオは視界がグニャリと歪むをの体感し、何とか我を保とうとしていると、その思念に気付いたラブはさらに続けて告げる。

「時間が無いの。呆けている暇すら無いほどにね。何とか我を取り戻しなさい」

（……だ、大丈夫。もう大丈夫っす）

そうだ、今はそんな暇は一切無い。ゼオは一発自分の顔を殴って喝を入れる。

（どういうことなんっすか。お嬢が居なくなったのって、三日四日前の話っすよ？　貴族の令嬢やってるお嬢が、何でそんなすぐに死刑宣告されなきゃなんないんっすか？）

「ワタシもそう思うわぁ。ここ最近、調べ物があってこの街から離れていたのだけれど、帰ってきてみればシャーロット嬢が敵国との密通罪を犯して王都に連行されたって話で持ちきりになってて驚いたもの。急いで王都に行ってみれば、もう明日には処刑されるっていうお触れが出てたし」

敵国との密通となれば、それは確かに処刑されてもおかしくはない大罪だろう。しかし、身分のある貴族の娘を処刑するとなれば、相応の時間がかかるものではないかとゼオは考えたのだが、ラブの表情を見てもその通りらしい。

一般人の極刑でも裁判に裁判を重ねて、刑が決まらないまま何年も牢獄で暮らすことなど珍しくもないのだ。王侯貴族の処刑が、そんな簡単に決まって簡単に執行されるなどあり得ない。

「シャーロット嬢が罪を犯した証拠があるのかどうかは分からない。でも誰がそうなるように仕向けたのかは予想出来るわ」

(それってもしかして……！)

「お察しの通り、そう仕向けたのは完全に暴走したリチャード殿下とリリィ嬢。そしてこの一年の間、聖男神教の信仰が深い敵国の信者と密会していたと思われるオーレリア宰相が怪しいわねぇ。一体何が目的かは分からないけど」

オーレリアという名前に聞き覚えがある。あの陰険で生徒会の仕事をサボりまくっているメガネ男、エドワードの父親なのだろうとゼオは確信した。

「時間が無いから手っ取り早く話すけれど、現国王は今病気で意識不明。シャーロット嬢の処刑は代わりに国の舵取りをする王子と、何を考えているか分からない宰相閣下を止める者が居ないからこその暴挙と言えるわぁ。宰相閣下が根回ししたのか、リリィ嬢のスキルでそうなったのかは分からないけれどねぇ」

すなわち、グランディア王国そのものが敵になったということ。これまでざまぁをしてきた、一目で全容が分かる敵とは大違いだ。

「女神教としても出来る限り説得しようとしたのだけど、交渉の席に立つことすら出来なかったわぁ。この一件に口出しすれば、すぐさま女神教の反目と見なすって宰相閣下自ら脅しに来られたら、ね。ワタシも今の肩書全てを捨てて無理矢理シャーロット嬢を助けに行こうと思ったけれど、そうしても発生した問題が解決する訳でもないしねぇ」

ラブはその奇抜なスタイルも相まって有名な枢機卿だ。その場で枢機卿を辞め、女神教からも脱会したと宣言したとしても、周りはそう捉えない。間違いなく大勢の信徒を巻き込んだ対立となるだろう。

そうなれば、きっとシャーロットは自分を責める。自分の為に枢機卿が全てを投げ捨てるだけではなく、何の覚悟も決意も無いグランディア王国と関わりを持つ信者たち大勢が何らかの被害を被ってしまう。それでは、シャーロットの体は救えても、心を救うことは出来ないのだ。

「いい？　よくお聞き！　今、牢獄で苦しんでいる彼女をあらゆる意味で救える可能性があるのは、アンタしか居ないのよ！　何の肩書もしがらみも無い、魔物であるアンタしか！」

ラブは片膝を床につけ、力強く言い切る。それは何処か、ゼオの覚悟を試す問いかけのように聞こえた。いや、事実そうだった。

「アンタに覚悟がある!?　敵は強大、まともに歯向かえば命は無い！　それでも、一国を敵に回して命懸けで一人の女の子を救い出す、そんなヒーローになる覚悟が!!」

それは途方もない戦いだ。そんなことが出来るのは、漫画やゲームの中に居る主人公の特権のようなもの。ステータスなどの敵の情報は分からないが、一介の魔物に過ぎないゼオには、一国全てが相手など荷が重過ぎる。

「ガウッ!!」

それでも、彼は迷わなかった。力強く、高らかな鳴き声を上げてラブを見返すと、彼女はニッと漢らしい笑みを浮かべる。

「なら、その命を燃やして戦ってきなさい！　ワタシもただ手をこまねいているつもりはないわ。モンドラゴラの生薬はワタシに任せなさい。アンタは、どうにかしてシャーロット嬢の身柄を確保してちょうだい」

（でもどうするんすか？　いくらお嬢の身の安全を確保しても、死刑囚を匿ったとなったら、国の威信とかそういうのの為に追っ手を出してくるんじゃ……？）

「言ったでしょ？　手をこまねいているつもりはないって。アンタから聞いたリリィ嬢のスキルの詳細が本当なら、ワタシにはシャーロット嬢を取り巻く現状を覆す切り札を用意出来るわ」

（マ、マジっすか!?）

果ての無い戦いを覚悟していたが、ここにきて希望が見え始めた。要は戦う必要は無い、シャーロットを連れてラブの所まで逃げ切ればいいのだ。

「ただし、準備に時間がかかるわ。モンドラゴラの生薬と一緒に作って、出来次第私もアンタたちと合流しに行くから、それまで逃げるか耐えるかしてちょうだい」

勝ち筋が見えた。否、勝ち筋など無くてもきっと挑んでいた。そんな熱い滾《たぎ》りを胸に抱き、ゼオは窓を開けて翼を大きく広げる。

「王都はこの街の西門から真っすぐ進んだ先よ！　ワタシも後から続くわぁん！　さぁ、囚われのお姫様を助けに行きなさいっ！」

「ガァアアアッ!!」

風切り羽が一枚宙を舞う。窓の縁を踏み砕く勢いで飛び去ったゼオは、あっという間に空の彼方へと消えていった。

ゼオの前世と本音

シャーロットが逮捕されて牢に入れられた次の日。無理矢理襤褸《ぼろ》に着せ替えられ、寒く冷たい石の牢獄の中に放り込まれた病身のシャーロットが、檻の外から出ることを許されるのは名ばかりの裁判の時だけだった。

「はぁ……はぁ……！」

「何をしている！　早く歩け！」

ただでさえ治ることなく発病者を緩やかに死に追いやるデスコル風邪。そんな奇病を患っていながら、悪辣《あくらつ》な環境に放り込まれたシャーロットの足取りは酷く覚束ない。頭はまるで頭蓋の中に熱湯でも流し込まれたかのような痛みと重さで、顔が上気しているにも拘らず寒気が止まらない。

本来なら、どのような罪人であろうとも体調はある程度考慮されるべきなのだろう。しかし、他の誰でもない怒り狂ったリチャードの采配により、シャーロットはボロボロのまま裁判に立たされた。

『シャーロットが風邪？　だからどうした？　どうせあの悪辣な女のことだ、体調不良を装って我々の目を欺こうとしているに違いない！　……いや、仮に体調不良だとしても、あの女を罰することには変わらないのだから放っておけ！』

王都の地下監獄の看守からの報告を聞いたリチャードは、本当に死に至る病に苦しむシャーロットの姿を知ってそう一蹴したのだ。それは尻を押さえながらも、どこか憂さ晴らしに成功したかのような醜悪な笑みだった。

シャーロットもどうにかして治癒魔法で体調改善を試みたいのだが、それは右手に嵌められた腕輪がそれを許さない。

(魔法やスキルといった魔力を使用する術を禁じる、囚人用の魔封じの腕輪……これではどうしようも……)

腰に括りつけられた縄を引っ張る兵士に無理矢理連れてこられて裁判所に入った瞬間、王国の名門の令嬢の裁判を見に来ていた貴族たちは、薄汚い襤褸に身を包んだ彼女を見て、侮蔑を込めた含み笑いを浮かべる。

そんな中、純然たる憎しみを表しているのはリチャードや両親、兄弟、従者たちといったリリィに近しい人物たちだ。当の彼女は、ハイベル夫人の隣で表面的には悲しそうな表情を浮かべている。

「えー、それでは、これより裁判を始める。まずは被害者、リリィ・ハイベル嬢、証言台へ」

「は、はい」

「貴女は被告人、シャーロット・ハイベルから暴行を受けていたという報告を聞きましたが、それは事実ですか?」

「はい……私、お義姉様に酷い苛めを受けていて……!」

この裁判は茶番だと、シャーロットは裁判所に入った時点で気付いていた。弁護側も検事側も居ない、見るからにやる気のない裁判長とリリィ側の人間だけで構成された人々、そして何を考えているのか分からないオーレリア宰相。シャーロットは今、敵だらけの裁判所に罪もなく立たされているのだ。

そんなことを考えている内に、リリィの嘘八百な証言は続いていく。曰く、教科書を破かれた、王太子と親しくするリリィに耳も塞ぎたくなるような罵詈雑言《ばりぞうごん》を並べた、両親や国王夫婦の関心を引くリリィに嫉妬して頬を強く打擲した、全身に水を掛けられた、パーティーでわざとドレスにワインを掛けられたと、少し腹黒い貴族淑女なら当たり前のように行っている小さな嫌がらせ。

初めは耐えていたリリィだが、連行された当日の朝にシャーロットに家の階段から突き落とされたと言う。軽傷ではあったものの、一体どうしたのかと慌てて問い質す王太子や公爵一家の前で、リリィはもう我慢出来ないとばかりに大きな瞳から涙を零して、シャーロットに酷い苛めを受けていると告白して事件が発覚する。

義憤に燃えるリチャードたち。そこに追い打ちをかけるように、騎士団を率いてリチャードの前に現れた宰相が、シャーロットが敵国アインガルドに国内情勢を知らせる密書を送っていると告げたのだ。

「この一年、我が国に侵攻することを企てていた聖男神教を信奉するアインガルドに、自分の身と豪勢な生活の保証と引き換えに故国を売るような交渉をしていたことは、既に調べがついています。言い逃れは出来ませんよ？」

手紙や書類の物的証拠も無く、証言台に立った宰相の一声だけでシャーロットは根も葉も無い大罪まで着せられることとなった。

冷静に事実確認をすれば、仕事に忙殺され、その証人も多く居るシャーロットにリリィを苛める時間などあるはずもないのだが、彼女によって腑抜けにされた、シャーロットよりも身分の高い者たちはあっさりとリリィの言葉を信じてしまった。

「貴様のような下劣極まりない売国奴と婚約など出来るか！　私は今、この時を以て！　シャーロット・ハイベルとの婚約破棄を宣言する‼」

そして、シャーロットは愛する王太子から婚約破棄を言い渡される。

身に覚えのない苛めに自分がやったという証拠を求めても全て「リリィがそう言った」という証拠にならない被害者証言を押し付けられ、終《しま》いにはリリィがどれだけ素晴らしい女性で、シャーロットがどれだけ卑しい女であるかを聞いてもいないのに、よりにもよって愛する人たちの口から聞かされた。

『君のような聡明で美しい婚約者が居て、私は幸せだよ』

『流石はシャーロットだな。お前のような妹が居て、兄は鼻が高い』

愛していた。一途に国と民を想うルーファスとリチャードを、妹として、伴侶として愛していたのに、今では嫉妬と侮蔑に塗れた視線と言葉を投げかけてくる。

「お前のような男を立てることも知らずに有能さをひけらかす女が傍に居ては、私の心は休まることがない！」

「いつもいつも妹と比べられ、追い立てられる兄の気持ちはお前には分かるまい。消えてくれて清々するよ」

この時、シャーロットは初めて彼らの悩みと苦しみを知った。公爵家の令嬢として、王太子の婚約者として懸命に励んできたが、それがかえって彼らを苦しめていたということを。

彼らとシャーロットが比べられたことは一度や二度ではない。父がシャーロットが男であったならと、王がシャーロットとリチャードの性別が逆であったならと零していたのを聞いたこともある。

『見ていてください、姉上！　ボクはいつか、兄上や姉上を守れる騎士になってみせます！』

『身寄りを亡くし死を覚悟した私を、シャーロットお嬢様が救ってくれました。このご恩には、一生を懸けて報いてみせます』

透き通った瞳で慕ってくれた弟ロイドと、かつて命を救い、永遠の友情を誓い合ったケリィからはまるで汚物を見るような目を向けられた。

「姉上がそのような卑劣な行いをするとは思っていなかった！　二度と顔も見たくない！」

「貴女のような人に仕えていたことは、私の人生の汚点です。せめて苦しみながら死んでくださいね」

浴びせられる罵声と呪詛《じゅそ》に、シャーロットは自分の中で何かが音を立てて壊れ始めていくのを感じた。その正体が理解しきれない内に、更なる怨嗟《えんさ》が浴びせられる。

『あぁ、私の可愛いシャーロット。私の元に生まれてきてくれてありがとう』

『こんなに出来た娘に育ってくれて……シャーロット、お前は私たちの誇りだ』

これまで優しく、時に厳しく、無償の愛情を注いでくれた両親は一方の言葉だけを信じ、十七年共に過ごした実の娘を糾弾した。

「うぅ……！　どうしてこんな娘に育ってしまったの……!?　リリィはあんなに良い娘なのに……！」

「お前はもう私たちの娘でも何でもない！　今この時を以てお前を勘当する！　二度と我が家名を

名乗るなっ！」

　ここ一年近くはシャーロットを見るのも汚らわしいといった様子だった両親に久々に掛けられた言葉がこれである。その声を聞くたびに、シャーロットは大事に守ってきた想いが崩れ去っていくのを感じた。

『シャーロット様、今度我が家でお茶会が催されるのですが、シャーロット様も如何《いかが》ですか？』

『シャーロット様！　貴女がお国に掛け合ってくれたおかげで、俺たちは安心して水が飲めます！』

『他の令嬢と比べても、やっぱりシャーロット様は違うなぁ。何より優しいし』

　シャーロットを裁く裁判と聞いて駆け付けた、かつての友人や相談に乗ったことのある住民たち。しかし、彼らがシャーロットを擁護することは無かった。

「この性悪女めっ！　よくも俺たちを騙しやがったな!!」

「死刑だ！　この売国奴を死刑にしろ！」

「地獄に落ちやがれ！　この糞アマが!!」

「そんな女さっさと殺しちまえばいいんだ!!」

　誰一人として味方の居ない法廷で家族が、婚約者が、学友が、民が、愛した人たちが過去など無かったかのように罵声を浴びせる。一瞬、まるで知らない人々に囲まれたかのような錯覚さえ覚えたほどだ。

　彼らに対する愛や情が、粉微塵に砕けるのを自覚した。

　シャーロットに被せられた全ての罪が嘘偽りであることは、他の誰でもない彼女自身がよく知っている。どんな理由があるのか分からないが、宰相まで出張ってきたあたり、どうやらグランディア王国はシャーロットの死を望んでいるらしい。罪を被せたのも王国、裁くのも王国。もはや逃げ場は無い。

どうしようもない諦観。身を引き裂かれるような悲しみ。それでも、彼女は涙を堪《こら》えられた。

（……ゼオ。私が居なくても、どうか健《すこ》やかに……）

最後まで一人だったら、きっと泣いてしまっていたかもしれない。涙を見せない意義すら失われてしまったが、最後の最後に矜持を守れたことだけは良かったと、シャーロットは一目だけでも会いたい魔物のことを想い、小さな祝福を贈った。

「判決！　被告人、シャーロット・ハイベル……もとい、罪人シャーロットは公開で腹裂きの刑に処す！」

元から全てが出来レース。暴走した王侯貴族と醜悪な欲望に駆られた者たちの手により、被告人に弁明の余地も与えないまま、最も屈辱的な極刑が下された。


王都へ続く空を矢のように突き進む小さな魔物。人ならざる害悪と認識されている彼からすれば、シャーロット以外の全ての人間が敵である場所にあって、彼の武器はステータスとスキルのみ。

名前：ゼオ　種族：プロトキメラ
Lv：30　HP：501／501　MP：499／499
攻撃：392　耐久：393　魔力：394　敏捷：390　SP：354

◆スキル◆
《ステータス閲覧：Lv一二》《言語理解：Lv一二》《鑑定：Lv一二》《進化の軌跡：Lv一二》《技能購入：Lv2》《火の息：Lv5》《電気の息：Lv4》《冷たい息：Lv4》《透明化：LvMAX》《嗅覚探知：Lv2》《飛行強化：LvMAX》《毒耐性：Lv1》《精神耐性Lv：3》
◆称号◆
《転生者》《ヘタレなチキン》《令嬢のペット》《反逆者》

移動に全力を尽くす傍ら、残された思考能力で作戦を立てる。今から挑む戦いにおける敗北条件は、シャーロットの死だ。それを踏まえたゼオは、改めて必ず救い出すと決意する。命を助けてくれた恩人の為に……そして自分自身の為に。

（ただ恩返しがしたいからそうしてるんじゃない……俺はずっと、お嬢に同情してた）

ゼオと名付けられた魔物となる前。前世では人間だった彼について少し語ろう。

父が内臓に疾患を患っていたこともあり、やや貧乏ながらも、母と合わせて家族三人、彼は充実した生活を送っているとある時までそう思っていた。

簡単に言えば、母が子持ちで妻に先立たれたどこぞの小金持ちと不倫したのである。病気のこともあって安月給だった父とは違い、広々とした家で出来の良い息子一人と娘一人を養う、見るからに甲斐性がありそうで、どこか軽薄な男だった。

彼がまだ八歳だった時のことだ。彼自身も母に失望し、怒りを抱いたが、父の怒りと悲しみはそれ以上。母を愛していたからこそ憎しみも大きかった。浮気現場を押さえた父が間男に詰め寄り、その間に入った間男の部下を誤って階段から突き落とし、殺害してしまうほどに。

当然のように父は逮捕。浮気や殺人のショックが積み重なり、病状が急激に悪化。無念のまま獄中死してしまった。

母はこれ幸いと間男と結婚し、間男が義父となった彼はかなり早い段階で反抗期に突入することとなる。殺人犯という末路だったが、優しい父を慕っていた彼からすれば、母の行いは自分たちに対する裏切りそのもの。

到底許せるものではないし、母も間男や新しい息子と娘の好感を得るのに夢中で、彼など居ないかのように振る舞い続けた。これで和解など出来ようものなら、夢物語を通り越してご都合主義が過ぎるというものだろう。

しかもテレビで取り上げられる情報は規制されていたものの、名字を変えた母や別の名門小学校に通っていた義兄妹とは異なり、変わらず同じ学校に通い続けた彼の旧姓を知る子供たちが多く通う学び舎で、殺人犯の息子という肩書は差別の対象となるには十分過ぎた。

子供特有の、大した悪意も無いが故に平然と行われる陰湿な苛め。ＰＴＡやら苦情やらを恐れて何もしない教師。そんな彼の様子に気付きもしない家族。抵抗する術があるとすれば、暴力しか無い。

苛められれば殴り返し、陰口を言われれば蹴り返し、そんなことを続けていく内に、彼の周りから人が居なくなっていくのは当然だ。怪我をさせたクラスメイトの親が怒り狂って母や義父を呼び出そうとした時に、「忙しいから適当に叱っておいてください」と丸投げしたことは妙に記憶に残っている。クラスメイトもその親も怒りを忘れて茫然としていたくらいだ。

孤独に苛まれ、そのまま非行に走ってもおかしくはない環境。だが、意外にも反撃による暴力以外の問題を起こすことは無かった。

『[redacted]、一緒に帰ろ?』

大勢の人が彼から離れていく中、ただ一人だけ彼の傍に居た幼馴染の存在があったからだ。気を使われているということは、幼いながらも理解出来た。なら少しずつでもいい、その友情に報いる為にもまともな人間になろう。母のような人間には死んでもなるまい。

友達は幼馴染一人だけ。彼女も引っ込み思案で極端な人見知りだったせいで苛めを受けており、その現場を助けてからすっかり懐かれたのだ。小学校、中学校と毎日のように共に行動し、高校も同じ学校に進学した。

そこで彼にも転機が訪れる。元々過失であった父の殺人から何年も経てば、肩書の効果も薄れ、高校でようやく人並みの交流を手にすることが出来るようになった。母や義父が居る家が嫌で一人暮らしを始め、高校ではクラスメイトと雑談出来るようになり、家賃や学費の為に始めたバイト先では店長の覚えも良い。

まさに順風満帆。荒れていた彼を見捨てずにいてくれた幼馴染のおかげだと感謝していたのだが、ある時を境に幼馴染の方にも変化が訪れる。

急に彼と距離を置き始め、学校もサボりがちになり、良くないことを良いと軽いノリで勧める……いわゆる不良のような人種と付き合い始めたのだ。

少女はコミュニケーション能力が低い反面、学力は特待生として入学出来るほど極めて優秀だったが、悪い遊びに夢中で他のことがおざなりになってしまった。

『学校としても優秀だった生徒の成績が下がって上から色々言われてんだよ。幼馴染なんだろ？お前からも説得してくんねぇか？』

明らかに保身が見え隠れする上にやる気を感じさせない担任教師の言葉が発破《はっぱ》となり、彼は駅で少女を待ち伏せすることに。

登下校に使う路線も同じなので待ち伏せは容易く、夜の帳《とばり》が下りた駅のホームで会い見《まみ》えた時、少女が顔を顰めたのはやけに印象的だったが、彼は少女のことを思って説得を開始する。

『高校生になってハメ外すのはいいけど、ちゃんと学校行けよ。おばさんとか心配してるし、大学も受験するんだろ？』

言ったことを纏めれば概《おおむ》ねこのような言葉。しかし少女はそれが酷く煩わしかったのか、両手で彼を押しのけて叫んだ。

『……うるさい、放っておいてっ！』

背を向けて荒々しく歩き出した少女の背を見ながら、後ろに向かって踏鞴《たたら》を踏む足は空を切り、体が大きく傾く。

駅のホームから落ちたのだと認識するや否や、悲鳴を上げる周囲と、それに釣られて振り返った、少女の大きく見開かれた目。

迫りくる特急電車のライトが視界を占領をする中、凄まじい衝撃と共に彼の意識は途絶えた。

それがゼオの前世の最期。結局のところ、幼馴染が何を想っているのかが最後まで理解出来なかった、哀れな男の末路だった。

（お嬢……苦しかったよな……？　理由も分からず大事な人が離れていって……寂しかったよな……？）

シャーロットと比べたら大したことはなさそうに聞こえる。実際、規模は大違いだ。しかし、それでもゼオとシャーロットは同じだった。

大事な人との縁が意味も分からず切れてしまう。母が何を想って浮気をしたのか、幼馴染が何を想って離れていったのか、それを少しでも理解し、行動に移していれば何かが変わったかもしれない。そんな悔恨がずっとゼオの心の底に刺さっていた。

（ここで何の行動も移さず、みすみすお嬢を見殺しにしたら、俺は前世と同じ馬鹿を繰り返しちまう……！　それだけは死んでも我慢ならねえんだ！）

認めよう。混じりっ気なしの善意ではなく、前世の未練を晴らすための戦いでもあるということを。その為に自分と似た境遇の少女を救おうとしている、ただの自己満足であるということを。

しかし誰にも文句は言わせない。大恩あるシャーロットを救い出し、前世の未練を晴らす。それがゼオが良心と本音に従い、導き出した答えなのだから。

第四章
そしてキメラは狂気の淵へ

王都の中央広場。敵国に国内情勢を密告した元高位貴族の令嬢の処刑という、この時代ではある意味娯楽と言える見世物に大勢の民衆が処刑台の周りを取り巻いている。

今まさにシャーロットが連れていかれる処刑台には、罪人の腹と顔をよく見せながら拘束する為の一本の柱が立っている。彼女に執行される刑は腹裂き……文字通り、柱に拘束した罪人の腹を裂き、それを見せびらかす処刑法だ。

人間というのは腹を深々と裂かれてもすぐには死ねない。皮も肉も内臓も切り裂かれた想像を絶する痛みに苦しむ重罪人を鑑賞するという、見ている分には気が晴れる、執行される側にとっては死に際すら嘲笑われる屈辱的な刑。

本来は貴族の娘には毒殺など人目に付かない処刑が執行されるのだが、今のシャーロットはハイベル公爵家から勘当され、敵国との密通の罪に問われている平民だ。もし苦しみながら屈辱的に死ぬことを望むが故に平民に堕《お》としたのなら、知らぬ間に随分嫌われてしまっていたらしい。

（……ゼオ……手の届かぬ場所で涙する主よ……）

死への恐怖がある。裏切りへの悲しみがある。それでもシャーロットの心には、信仰する神や運命に対する憎しみは微塵も無かった。

聖男神教が奉じる全知全能の唯一神とは違い、女神教の伝承に記される唯一神は、ただの人間と何ら変わらない矮小《わいしょう》な存在とされている。信仰を広めるために天啓を授けるのではなく、超越者としての長寿を以て自らの足と言葉で信仰を広めたほどだ。

故に女神には都合の良い奇跡を起こす力など無い。主は常に手の届かぬ悲劇に涙し、善が巨悪に呑み込まれてしまうことに心を押し潰されてきた。

そんな彼女の涙を少しでも拭うために、信徒たちは善《よ》き人であろうと邁進《まいしん》し続けてきた。善き行いの果てには救いがあるのだと証明するために。

確かにシャーロットに訪れようとしている末路は悲惨の一言だろう。しかし、それでも一縷《いちる》の救いがあったのだ。あの小さな魔物との出会いこそが、これまで正道を違《たが》えず自らの良心という教義に従ってきたシャーロットに贈られた救いであったように思えてならない。

ゼオと過ごした時間は、シャーロットが生きてきた人生の中で一番穏やかで幸福な時間だった。この結末だって、自分自身が選んだ生き様の果てに辿り着いたものだ。全てを放り出して逃げ出すことだって出来たのに、一体どうして神を恨めよう？

「これより、大罪人シャーロットの処刑を執行する！」

縄と柱で後ろ手に拘束され、傍には両手剣を持った執行人が立つ。一向に治まる気配のない熱病に目が霞み始め、腕には魔封じの腕輪。遠くの貴賓席からこちらを汚物を見るかのように眺め、これまで見たことのない残酷で醜悪な笑みを浮かべる、かつて愛していた人たち。周囲にはお触れや権力者の言葉だけを見聞きして、真実に気付かぬまま罵声を浴びせる民衆の姿。いずれもシャーロットが守ろうとしてきた存在だ。

鋼の処刑剣が陽光を反射する。地獄の如き悪意、奈落の如き憎悪に囲まれながら、回避のしようもない死にシャーロットは諦観と共に瞳を閉じ、処刑人の剣の切っ先が柔肌を突き破ろうとする。

――――それでも諦めるな。

天空より大地へ降り注いだ鳴き声が、幻聴となってシャーロットの心に響く。

「ぐぎゃぁああっ⁉」

突如、爆音と共に火達磨《ひだるま》になった処刑人を、天から高速で飛来した小さな影が突き倒す。

(テメェッ！　お嬢から離れろ！)

いつまでも訪れない刃の痛みと聴きなれた鳴き声にシャーロットは瞠目する。そこには来るとは想像しなかった、今最も会いたかった魔物の姿があったからだ。

「ゼオ……どうして……っ⁉」

今にも泣き出しそうな声にゼオは答えない。答える暇が無い。

『い、いやぁああっ⁉　ま、魔物よぉおおおっ⁉』

『処刑人が焼き殺されたぞ⁉』

『だ、誰かぁっ‼　き、騎士団‼　あの魔物を殺せよぉおっ‼』

人間の敵とされる魔物の登場と共に処刑人が炎上したことにより民衆はパニックを起こしているが、辺りを固める騎士団が統率の取れた動きで騒動を収めつつ王侯貴族の身の安全の確保、そしてシャーロットの身柄を取り押さえ、ゼオを殺そうと動き出していた。

(お嬢の意思云々言ってる場合じゃねぇ！　すぐに逃げ出さねぇと！)

シャーロットを縛る縄を爪と牙で千切りながら、向かってくる騎士たちに対して《ステータス閲覧》を発動し、戦力差をザッと確認する。個々人に差はあるが、平均的にHPとMPが200超え、それ以外のステータスは100超え、スキルにも《風刃》や《炎魔法》といった遠距離攻撃手段を持つ者も多く、剣や鎧によるステータスでは確認出来ない補正までついている。

それが何十人も居ては勝ち目は無い。ゼオはすぐさま逃げの一択を選び、《透明化》を発動しながら高熱で座り込んでしまったシャーロットの体を横抱きにする。他者に影響を与えるようになったスキルによりシャーロットも無色透明となり、後は飛んで逃げればこっちのものと思っていたのだが、ゼオは致命的な見落としに気付くことになる。

（お、お嬢が薄らとしか透明化されてねぇ……!? もしかして、《魔力耐性》のスキルか!?）

詳細を確認する暇は無いが、ある系統の魔法やスキルによる干渉を遮断する常時発動スキルなのだろう。普段は恩恵を与えているこのスキルだが、この状況下ではＯＮＯＦＦ出来ないこともあって完全に裏目に出てしまっている。

「何故罪人を連れていこうとしているのか分からないがそこまでだ！　死ねぇっ!!」

（くそったれぇ！　危険度上がるからやりたくなかったが、正面突破だ！）

処刑台に上がり、剣を抜いて向かってくる騎士はこの際無視して、ゼオは民衆の最前列、その足元に向かって《火の息》をぶつける。

『う、うわぁあああっ!?　ま、魔物が暴れ出したぁあっ!?』

『た、助けてくれぇええええっ!!』

魔物の身でありながら人としての観点を持っているゼオは、攻撃を向けられた際に起こる彼らの反応を予想していた。轟音と共に巻き上がる粉塵と飛び散る火の粉に騒然となり、より大きなパニックとなって我先にと逃げ出す民衆。騎士の剣がゼオに届く直前、ゼオはシャーロットを横抱きにしたまま低空飛行で民衆の方へ突き進む。

「何なのだあの魔物は……⁉」

「さてはシャーロットが使役する邪悪な使い魔だな⁉」

「追え！　逃がすな！　あの悪辣《あくらつ》な女を捕らえて、目に物を見せてやれ‼」

リチャードたちの声を無視し、ゼオは人間の頭よりも少し上の高度……民衆を巻き込みながらシャーロットを運べる飛行で、蜘蛛の子を散らすように逃げ惑う民衆で騎士を足止めしつつ、街の外へと逃げ出そうとする。

後ろから襲い掛かる矢と風の刃や、民衆を掻き分けて立ち塞がる騎士には、少し長い首を活かして《冷たい息》で応戦する。広い範囲に及ぶ氷結能力を持つこの息は迎撃は勿論、兵士を直接足止めしたり、逃げ惑う民衆を凍らせて壁にすることも出来る。下手にスキルを使えば周囲に巻き添えを食らわせてしまうという思考停止を狙ってのことだ。

兵士は倒すには時間がかかり過ぎるが、何も倒す必要はない。足さえ止めてしまえば後は逃げるだけ。冷気の息と民衆の壁を上手く使いながら騎士を振り払い、前には誰も居なくなったところでゼオは上空へと飛翔し始める。

（やった……！　ここまで来れば、後は攻撃の届かない高度を飛行し続ければいい。そんでラブさんの所に行って、お嬢の身の安全を確保すれば……！）

飛行出来るゼオと飛行出来ない人間とでは、移動速度が違う。これはステータスの問題ではない、地形の高低差や障害物の有無の問題だ。森の上空を迂回すれば、彼らはあっという間にゼオたちを見失うだろう。

勝利を確信した。後はシャーロットと共に身の振り方をゆっくりと考えればいい……そう思った瞬間、地上から飛来した斬撃《ざんげき》がゼオの片翼を斬り飛ばした。

「ガァ――っ⁉」

体の一部が切り離される激痛に悶え、高度を保てなくなったゼオは咄嗟《とっさ》に自分の体を下敷きにしてシャーロットを落下の衝撃から守る。女としては軽い方だが、それでも四十キロくらいはあるだろう……それだけの重量が小さなゼオを押さえつけながら十メートル上から地面に墜落した。

「ゴボォッ⁉　ガホッガホッ‼」

「ゼオ⁉　私を庇って……！」

嫌な音と共に血が混じった息を吐き出す。恐らく骨が折れて内臓が傷ついたのだろう。ステータスを素早く確認してみると、出血の状態異常になり、ＨＰが緩やかに下がっていっている。

「お願い……死なないで……！」

息も絶え絶えに、シャーロットは力が籠らない腕でゼオを抱き締める。忌まわしい魔封じの腕輪が嵌められた腕を引き千切ることが出来ればどれだけ良いだろう。そうすれば傷ついたゼオを癒してあげられるのに。

しかしそんなこと体調が万全であっても不可能であり、今はもう立っていることすら出来ないほど病状が悪化している。もう逃げることは出来ないなら、せめてゼオだけでも逃がそうと小さな背中を押そうとしたその時、背後から聞き覚えのある声が聞こえてくる。

「ふん。随分姑息《こそく》な手を使うみたいだな。リリィを虐げた者らしいと言えばらしいが……それもここまでだ」

「アレックス様……戻ってきていたのですね……」

体格の良い若い男だった。その手には一振りの剣。恐らく自分の翼を切断したのはこの男であり、同時にシャーロットの敵であると認識したゼオは《ステータス閲覧》を発動する。

名前：アレックス・ガルバス　種族：ヒューマン
Lv：52　HP：761／761　MP：434／434
攻撃：567　耐久：555　魔力：121　敏捷：542

◆スキル◆
《格闘術：Lv3》《剣術：Lv7》《肉体硬化：Lv5》《風刃：：Lv5》《火炎斬《かえんざん》：Lv6》
《裂撃強化：Lv8》《肉体強化：Lv8》《衝撃耐性：Lv5》
◆称号◆
《次期騎士団長》《剣神の加護》《レベル上限解放者》《剣聖候補》《ただの脳筋》

（マジかよ……⁉　ここでステータスに大幅補正が入る《レベル上限解放者》の称号持ちが来るなんて……！）

同じ称号を持つラブと比べれば大幅に劣っているが、何の気休めにもならない。翼を切り落とされた今、シャーロットを連れて逃げることも出来ないゼオは、万策尽きたことを悟る。

「悪辣な魔女め！　その薄汚い魔物ごと、この俺が成敗してくれる!!」

「……っ!!」

続々と騎士が追い付いてくる。咄嗟に自分を盾にしてゼオとアレックスたちの間を遮《さえぎ》るシャーロットだったが、その意思に反してゼオはシャーロットの前に出てアレックスに対して唸り声を上げた。

「生意気な魔物風情が……！　誰に向かって威嚇をしている！」

「ダメ……！　逃げて、ください……ゼオ……！」

後ろから聞こえてくる懇願も無視する。もう万策は尽きた。どう考えてもシャーロットやゼオの死は絶対的だろう。それでも諦められない。諦められる訳がない。決して敵わぬ敵と知りながらも、ゼオはシャーロットが生き残る奇跡を信じて騎士たちに吠える。

「ガァアアアアアアアアアァッ!!」

威力、範囲、持続力。その全てを最大まで引き上げた《冷たい息》は前方通路を埋め尽くし、凍り付いた空気中の水分が視界一杯に舞い上がる。

（逃げろ……！）

ゴゥゴゥと吹き荒《すさ》ぶ冷気に交じる咆哮に想いを乗せて、ゼオはブレスを吐き続ける。

（ここから先は行かせない！　振り返らずに……！　そのまま逃げろっ!!）

足止めしている間に逃げろ。そう、人間の言葉を発することが出来ればどれだけ良いだろうか。

言葉を交わすことが出来ないゼオとシャーロットの意思はすれ違い、彼女は逆にゼオを逃がそうと身を引きずりながら寄ってくる。

何てままならないのだろうか。互いを想い合うが故にすれ違う一人と一匹。そんな彼らの想いを引き裂く死神の刃が、冷気を切り裂いて飛来した。

「ガッ……！」

《風刃》のスキルによる飛ぶ斬撃は、《裂撃強化》で更に威力を増してゼオの胴体を深々と切り裂く。

止めどなく流れ落ちる血。倒れるゼオにシャーロットは口を戦慄《わなな》かせながらゆっくりと手を伸ばすが、触れる直前、アレックスがゼオの小さな体を横に蹴り飛ばして壁に叩きつける。

「……ゼオ……？」

「ふん、無駄な抵抗を」

服に張り付いた氷を払いながら、アレックスは魔法障壁で仲間を守っていた騎士やその後ろの騎士に顎で合図して、弱々しい動きでゼオの元へ行こうとするシャーロットを取り押さえさせる。

「悪はこの世に栄えない。貴様は所詮こうなる運命だったのだ。今一度処刑台に引きずり上げ、今度こそその腹を裂いてくれるわ」

ありったけの侮蔑を込めて吐き捨てるアレックスに対して、シャーロットは何も答えなかった。彼女の眼中にあるのは血溜まりに沈むゼオの姿のみ。

「あ……あぁぁぁあああ……！」

心が砕けそうになる。どうして来てしまったのか。私はただ、ゼオに生きてほしかっただけなのに。……その答えが、そっくりそのまま帰ってくることを理解していながらもシャーロットは問いかけずにはいられない。

敵だらけになってしまった彼女の世界で、最後の最後まで味方であり続けた小さな命。その灯が消え去ってしまったことを確信すると、シャーロットの青空のような瞳から、これまで溜め込み続けた涙が滂沱《ぼうだ》となって流れ落ちた。

涙が地面に幾度も弾ける音が聞こえた気がした。

自らの血で滲む視界の中で、初めて涙を流す姿を見せたシャーロットを見て、ゼオの消えかかった命の灯は再び燃え上がり始める。

シャーロットは決して人前で涙を見せることは無かった。きっと貴族の娘として、未来の王太子妃として誰にも心配を掛けたくなかったのだろう。そうして身についてしまった習性は、いつしか周囲にシャーロットは特別強い人なのだと思い込ませてしまった。

だが違う。彼女はたった十七歳の少女でしかないのだ。どんな悲しいことがあっても、必死に涙を堪えて浮かべる笑みが痛ましくて、ゼオはいつか彼女が安心して泣ける場所になりたかったが、今自分がシャーロットに悲しみに溢れた涙を流させているのかと思うと自虐的になる。

(このままじゃあ、どうあっても助からねぇ……！　二人とも死んで終わりだ……なら、せめて……！)

ゼオは最後の力を振り絞って《進化の軌跡》を発動させる。

【バーサーク・キメラ】　進化Lv：30　必要スキル：無し

今回の救出作戦で除外していた手段を実行に移し始める。説明を見る限り進化した直後に理性を失い、見境なく暴れる化け物になってしまう。しかも理性を取り戻す方法が女神の加護という意味不明な手段のみ。この進化を選んでシャーロットを殺してしまえば元も子もないと選択肢から外していたのだが、シャーロットの死が確定しているこの状況下では、運良く彼女が生き延びる可能性があるのはこれしかない。

一度だけの経験則だが、進化をすれば大幅にステータスも上がる。アレックスという、一番の障害を倒すことも出来るかもしれない。一縷の望みを懸けて進化を選択するゼオだが、頭の中に警告が流れた。

【この進化を選択すると、この先何があっても人型にはなれません。それでもよろしいですか?】

ここだけの話……運良く理性を取り戻すことが出来るのではという可能性に懸けていた部分があった。後々人化することだって出来るかもしれないという、極僅かな可能性に懸けていた本音があった。

しかし残酷なことに、シャーロットを助ける可能性を作り出したければ人間としての尊厳を全て捨て、終生を化け物として生きることを約束しろと言う。それは人の意思を持ち、人に戻ることを夢見ていたゼオの願いを自ら踏み躙れという残酷な選択肢。

心の自分本位な本音が躊躇《ちゅうちょ》する。しかし決断に躊躇《ためら》いはなかった。

(……お嬢……)

目の前で傷つき、悲嘆の涙を流し続ける少女を想う。その想いの名は分からない……それでも命を燃やせと魂が吠える。

（……俺が守るよ……）

何者にもなれないキメラという魔物に転生し、広大で残酷な野生で孤独に生き、心まで魔物になりそうになった自分を救ってくれたのは、シャーロットの良心だった。

前世では最後の最後で何も為せずに幼馴染の心に傷を残して死んでしまった。そんな前世の慚愧《ざんき》がこの身を縛るのなら、今晴らさずしていつ晴らすのだ。このまま化け物になる恐怖に怯え、シャーロットまで死なせてしまえば死んでも死にきれない。

（もうどうしようもないっていうのなら……この消えかけの命で僅かでも可能性を開けるのならっ!!）

考えられる手段の中でも最悪の一手。それに構わずゼオは両腕に力を込めて起き上がり、折れかかった意志を叩き直して頭の中に浮かぶ選択肢を選ぶ。

もう何も諦めない。怖いままでもいい。後で死ぬほど後悔してもいい。最期の瞬間まで恩義と信念、その全てを守り抜けるのなら！

（俺は……化け物になっても構わない……！）

狂気の怪物に女神の加護を

そこは、臨死の世界なのか、はたまた精神だけの世界なのかは分からない。

何もない、ただ真っ白なだけの空間が広がる中、ポツンと置かれたテレビとそれに繋がれたゲーム機を前に、黒髪黒目で学生服を着た平凡そうな男子が立ち尽くしていた。

画面には真っ赤な血の海に沈むキメラと、進化の是非を問う【はい】と【いいえ】の選択肢。彼はゲーム機の前に座り、コントローラーを手に取ってカーソルを【はい】に合わせる。そしてそのままボタンを押そうとしたその時、後ろから女の声がかけられた。

「本当にそれでいいの？」

その女は異様な姿だった。ボロボロの法衣も、床に引きずる髪も、何年も日の光を浴びていないかのような病的な肌も、全てが白で統一された女。唯一体を雁字搦《がんじがら》めに縛る、床に楔《くさび》が撃ち込まれた十本の黒い鎖だけが彼女を彩っている。

「誰だか知らねぇけど邪魔すんな。これでいいんだよ」

「人としての意識も無くなってしまうのに？」

「あぁ」

「もう絶対に人間になることも、人に化けることも出来なくなるのに？」

「あぁ」

誰の言葉にも耳を貸さない様子の彼を見て、女は悲痛に表情を歪ませると、最後に一つだけ問いかけた。

「怖くないの？」

ボタンを押しかけた指が止まる。しばらく沈黙が白い空間を支配し、彼は震える声で静寂を破った。

「怖いよ……怖いに決まってるだろ……？　よしんば理性を取り戻してもさ、このまま一生人間になれずに野で生きろって言われてんだぞ？　ほんの少しの間だけでも寂しさでどうにかなっちまいそうだったのに、それが一生続くなんて言われて怖くない訳ないだろ？」

だからヒューマンキメラに進化したかった。誰にも憚ることなく、堂々と人の世でもう一度生きていきたかった。そうすれば、一人の男としてシャーロットの手を取ることも出来たかもしれないのに。

「ならどうしてそこまでするの？　絶対的に不利だってことは戦う前から分かってたんでしょう？　たった一つの要素が生存を致命的にしかねないって。戦いに行く前に逃げてしまえば、もう一度やり直すことだって出来たかもしれないのに」

「ホントだよ。俺自身バカなことしたなって思ってる。自分も助けられないような奴が他人を助けるなんて出来る訳ねぇのにって…………でも無理だ。そんな選択は出来ねぇ」

彼は死と、人としての自分を捨てることに対する恐怖に震える涙声で告げた。

魔物の身で許される願いではないとは分かっている。相手のことを想うのなら決して表に出すべきではないし、相応しい相手が現れれば潔く身を引くと決めてもいた。

……それでも、初めて出会ったあの日から今日に至る日々を通して気付いてしまったのだ。彼の人間としての心は……。

「だって俺……自分が死んでも惚れた相手が幸せになってくれた方が良いって、バカなこと考えちまってる……！　お嬢が不幸なまま死ぬなんて、何を引き換えにしたって我慢出来ねぇんだよ……！」

もっと自分勝手に生きていたかった。そうすれば、どれだけ楽な一生だっただろう。

だがそんな道は、〝ゼオ〟の生き方には無い。笑いたければ笑えと、そう言い残して彼はボタンを押し、テレビとゲーム機、そして女しか居ない空間から姿を消した。

「そう……それが貴方の生き方なのね。……ならきっと、貴方をこの世界に転生させたのは無駄ではなかった……！」

女は悲しみとも喜びともつかない涙を一筋流す。頬から零れ落ちた雫が黒い鎖の内の一本に当たると、その鎖は甲高い音を立てて砕け散った。

恩義と信念を抱えて愛に殉じる覚悟……その力が、弱虫な魔物を勇敢な怪物へと姿を変えさせた。


ゴキリと、凄まじい音と速度で骨が変形し、肉が盛り上がる。音の発信源であるプロトキメラの変化はまさに劇的だった。

女の腕に収まる体は大きめの小屋ほどの巨体となる。竜の上半身に生える鱗は硬質化し、顎は大地を呑み込まんとするほどに開く。失われた翼はより逞しい王鳥の翼となって再生し、爪牙《そうが》は鉄杭のように太く鋭いものとなった。大地を踏み締める獣の足も異常に発達し、硬質な皮で覆われた尻尾の先端にはスパイク状の突起がいくつも生えている。そしてその頭部では、後ろに向かって生える二本の角と、額から前へ突き出す一本の角が威圧を示していた。

「ゴルルルゥ……！」

「ひ、ひぃっ⁉」

「……ゼオ？　貴方は、まさか……！」

蒸気のような熱い息を吐き出し、爛々《らんらん》と輝く血のような赤い瞳で周囲の騎士を睥睨《へいげい》する。思わず怯える騎士たちだったが、ただ一人アレックスだけは平然としていた。

「落ち着け。魔物の進化を目の前で見るなど珍しいことではあるが、それで急激に力を増すことなどない。この剣に愛された俺様が居る限り……」

その言葉は、重々しく空気を引き裂く音に続いて響く肉と金属を叩き潰す音と、幾人もの短い断末魔に掻き消される。ゼオの大きな背中から突然生えた一本の太く逞しい触手が、シャーロットを取り押さえ、傍に居た騎士を纏めて薙ぎ払ったのだ。まるで玩具の様に吹き飛ばされて石造りの街に転がる彼らの腕や腰は、一様にあらぬ方向へ折れ曲がっていた。

「き、貴様ぁあっ！　魔物風情がよくもぉっ！　《火炎斬》っ!!」

怒りで我を失いながら跳躍し、両手で持つ剣に業火《ごうか》を走らせる。攻撃スキル、《火炎斬》だ。斬撃と共に血肉を焼く必殺技で目の前のデカブツを切り裂いてやろうとしたアレックスだが……その両腕は一瞬で両断された。

「……え？」

飛び散る鮮血に何が起きているのかも分からず、茫然としたまま地面に墜落したアレックス。その少し後に、カランと自分の両腕が付いたままの剣が地面に落ちてきたのを見て、彼の脳はようやく痛みを認識する。

「ひ……ひぎゃぁああああああっ!?　う、腕がぁあああああ!!　俺の腕がぁああああっ!?」

見れば、ゼオの左腕が巨大な蟷螂《かまきり》に似た腕に変化していた。その鎌の刃は磨き抜かれた業物《わざもの》のように鋭く、アレックスの血が滴っている。

「腕がぁ……俺の腕……ぁぁぁあ……！」

剣神に愛された男。そんな名声を欲しいままにした彼の剣士としての人生は終焉《しゅうえん》した。その絶望を整理する間もなく、ゼオは右腕を黒い剛毛が生えた大猿の腕に変化させる。

「ひっ⁉　ま、待て……！　に、《肉体硬化》っ‼」

握り締められた大猿の拳を見て、体を岩のように硬くするスキルを発動させるが、化け物はそれに構わずその剛拳をアレックスに叩き込む。

スキルの影響など無視しているのではないかという衝撃が全身に走る。体格差も合わさり、枯れ枝のように吹き飛ばされたアレックスは、建物を三つばかり突き破り、四つ目の建物の壁を大破してようやく止まった。

「ア……アレックス様がぁっ⁉」

「に、逃げろぉっ‼　化け物だぁっ‼」

「グルァアアアアアアアアアアアアアアアアアアアッ！！！」

逃げ惑う騎士を追いかけるように動き出すゼオ。圧倒的な力の差があったはずのアレックスを蹂躙した彼のステータスがこれだ。

名前：ゼオ　種族：バーサーク・キメラ
Lv：1　HP：1502／1502　MP：1489／1489
攻撃：1001　耐久：1000　魔力：1002　敏捷：1001　SP：914

◆スキル◆
《ステータス閲覧：Lv一一》《言■理■：Lv■》《鑑定：Lv一一》《進化の軌跡：Lv一一》
《技能購入：Lv3》《火炎の息：Lv1》《電撃の息：Lv1》《凍える息：Lv1》《透明化：LvMAX》《嗅覚探知：Lv2》《猿王の腕：Lv1》《妖蟷螂の鎌：Lv1》《触手：Lv1》
《飛行強化：LvMAX》《毒耐性：Lv1》《精神耐性Lv：3》
◆称号◆
《転生者》《ヘタレなチキン》《令嬢のペット》《反逆者》《狂気の輩》《魔王候補者》

スキルは増えたり変化したりし、ステータスも大幅に上がっているが、それを確認する者は居ない。それは彼自身もまた同じ。

「く、来るなぁ！　来るな化けもぎぎゃっ!?」

「ひ、ひぃいいいぶげぇぇっ!?」

向かってくる者も、逃げ惑う者も、騎士も民間人も関係なく彼を刺激した全ての生物が悉く鏖殺《おうさつ》されていく。大鎌で身を裂かれ、巨腕で粉砕され、強化された火炎や電撃、冷気に身を包まれて死にゆく人々と、巨体とブレスに薙ぎ倒されていく街はまさに地獄絵図と呼ぶに相応しい光景だ。

「な、何なのだあの化け物は!?」

「き、騎士たちよ！　一刻も早くあの化け物を倒すのだ!!」

「な、何よ……何なのよあれ……！」

その恐怖は貴賓席にまで及び、先ほどまで余裕すら滲ませ悪辣な笑みを浮かべていたリリィすら、怯えながら遠くで暴れ狂う化け物を見つめることしか出来ない。いかなる謀略も全て暴力で薙ぎ払う、まるで嵐の如き災厄の前には、小賢《こざか》しいだけのリリィなど無力な小娘に過ぎない。

「グルルルルル……！」

「ひ、ひぃっ⁉」

茫然と目の前の惨劇を見ていると、不意に化け物とリリィの目が合った。その鮮血のような瞳に渦巻く狂気の中に、一つの感情が浮かび上がるのをリリィは直感する。

「ガルァァアアアッ‼」

「あ、あああああああああああああああっ⁉」

「こ、こっちに来たぞ⁉　どうしてよりにもよって⁉」

それは「お前を殺す」という、言語無しでも雄弁に伝わる殺意。それにあてられたリリィは惨めったらしく悲鳴を上げ、腰を抜かして尻餅をつく。

狂気に呑み込まれたゼオだが、根本に刻まれた感情は消えてはいない。現にゼオの傍に居たシャーロットには傷一つなく、リリィを見たゼオにはもう他の騎士や人間など目に入っていない。

煉瓦《れんが》を砕きながら向かってくる化け物を見て、貴賓席は騒然とする。ハイベル公爵夫妻や宰相が騎士に連れられて逃げていく中、リチャードとエドワード、ロイドやルーファスといった面々はリリィを連れて別方向へと逃げ始めた。

「お、王子⁉　そっちは危険です！　王子‼」

騎士の制止も耳に入らず走り出すリチャードたち。それが故意に増幅された感情によるものだとしても、真の悪女を守ろうとする彼らは哀れであり、滑稽《こっけい》でもあったが、ゼオはそんな思考を浮かべることすらなく、ただひたすら憎いリリィを追いかける。

「化け物が……どうしてこんな……！　くそっ、来るなぁあっ！」

「と、とりあえずリリィを連れて逃げぎゃあああああっ⁉」

「エ、エドワードっ⁉」

彼らの敏捷値とゼオの敏捷値は比べ物にならない。すぐさま追いついて嬲るように振るわれた触手は、エドワードを縛り上げて、その整った顔を地面に擦り付けながら投げ飛ばす。大きな擦過傷《さっかしょう》を顔に刻まれたエドワードは背中から建物を突き破り、そのまま気絶した。

「あぎゃああああああっ⁉　ボ、ボクの足がぁああああっ⁉」

次に犠牲となったのはロイドだ。かつてはシャーロットや家族の為に……今はリリィの為に強くなろうとしていた騎士志望の少年の右足は大鎌で両断され、その未来ごと断ち切られた。

「あっ⁉　ご……がぁあああああああっ⁉」

一人、また一人とリリィの守りが剥がされていく中、次に犠牲になったのはルーファス。躓《つまず》いて転んだところにゼオの爪先が彼の治りかけた股間を抉り、その機能を永遠に停止させる。

「ひ、ひぃいい⁉」

「ま、回り込まれた⁉」

そして残されたリチャードとリリィは広場を出る前に回り込まれる。周囲の騎士は皆怯えて使い物にならない。逃げ出す気力が無くなってリリィは座り込み、リチャードはそんなリリィを守るようにして立ち塞がるが、彼の尻から異臭が放たれているのにリリィは気が付く。

「リ、リチャード様……？」

「おごぉおっ!?」

眉を顰めて臭いの正体を問いかける間もなく、ゼオの触手がリチャードの腹を強かに突く。化け物はリチャードのことを羽虫程度にしか認識していない。手首であしらうかのような一撃のおかげで命を繋ぐことは出来たが、それでもリチャードには耐えきれない衝撃が腹を突き破り、彼は白目をむいて泡を吹きながら、オムツやズボンを突き破りそうな勢いで脱糞《だっぷん》。そのままリリィの顔に座り込んだ。

「いやぁあああああああっ!? 臭いっ！ 汚いっ!!」

汚物を顔に塗りたくられて悲鳴を上げるリリィは、両手で気絶するリチャードを押しのけて四つん這いになりながら逃げ出そうとするが、そうはさせまいとゼオは触手でリリィの足を砕く。

「ぎゃあああああああっ!? 痛い痛い痛いぃぃぃぃい!?」

狂気に呑み込まれて本能が剥き出しになっても……否、本能が剥き出しになったからこそ、獲物を効率良く仕留める行動を取り続ける化け物。その口腔の奥から炎が燃え始める。

「くそぉっ!! 何なのよ！ 何だっていうのよ、この化け物は！ 私の邪魔ばっかりしやがって！ アンタみたいな化け物、生きてる価値は無いのよ！ 死ね、この化け物が!! 死ね!! 死ねぇええええっ!!」

激痛と恐怖で本性を現し、屈辱に塗れた怨嗟の声を張り上げることでしか抵抗する術が無いリリィは喉が引き裂けんばかりに叫び続ける。それが波紋となったかのように、周囲の人々はゼオに向かって罵倒を放ち始めた。

『何なんだよあの化け物は⁉　俺たちの街を滅茶苦茶にしやがって‼』

『何してんだ騎士団！　早くあの悍ましい化け物をぶち殺してくれ‼』

『天よ！　あの化け物に裁きを下してくれ‼』

化け物。そう浴びせられる呪詛の数だけ、ゼオの怪物性は高められていった。先ほどまでシャーロットの無残な死を望んでいた彼らは、一転して自分たちの死が間近に迫ると諸々を棚に上げて喚き出す。汚らわしく醜い魔物は倒されるべきであるという願いを込めて。

「ゴァアアアアアアアアアアアアアアアアァッ！！！」

凶魔《きょうま》の化生《けしょう》は天地を揺るがさんばかりの咆哮を上げる。もはや彼が人の心を持っていた時の想いすら消え失せようとしたその時、巨体の足腰に縋《すが》りつく温もりを感じた。鮮血色の瞳で捉えたのは金の髪。

「大丈夫……！　そんな悲鳴を上げなくてもいいから……貴方は化け物なんかじゃないから……！」

この世界でただ一人、怪物の咆哮の意味が人心の欠落に痛む悲鳴であると理解していたシャーロットの精神は肉体を超越し、病魔に蝕まれた体を無理矢理動かした。瓦礫《がれき》と化した道を何度も転びながら、それでも足を動かしてここまで辿り着いたのだ。

失いたくない。この世界で何もよりも大切なものを。今ここで動かなければ、ゼオは一生手の届かない所へ行ってしまう。シャーロットは失われた怪物の心を掬い上げようと、万感の想いと共に叫んだ。

「だからいつもの優しい貴方に戻って……！　ゼオォォォォォォォォォォッ‼」

ともすればゼオ自身に無残に引き裂かれて死に至る。今この国で最も危険な場所に飛び込んだ彼女に対し、耳に聞こえぬ天啓が降り注ぐ。

【条件達成により、スキル《無神論の王権》が解放されました。称号《女神の加護》を獲得しました】


リリィは内心、ひたすら他者や理不尽に対して罵っていた。目障りなシャーロットを排除する為、わざわざ義理の家族やリチャードに階段から突き落とされたと嘘を言ってまでこの展開に持ってきた。幸いにも宰相が追い打ちをかけるような冤罪を義姉に被せたおかげで最高に気分の良い末路を味わわせることが出来たと、そう思っていた。

それが何だ？　急に魔物が出てきたかと思えば、突然化け物になって盤上を全てひっくり返された上に、取り巻きの美男たちを悉く叩き潰し、こうして自分を追い込んでいるではないか。

私は物語のヒロインのような人生を歩む者なのに！　この世界はそうする為の舞台なのに！　あんな化け物に引っ掻き回された挙句、どいつもこいつもまるで役に立たない！

どこまでも傲慢で、どこまでも自己中心的な思考に囚われ、因果応報という概念を知ろうともしないリリィの頭の中に、懐かしい声が響く。

【まさかこうなってしまうとは……少々博打《ばくち》になるが、致し方ない】

（この声は……神様!?　また私を助けに来てくれたのね!?）

以前スキルを授かって以来一度も語り掛けなかった〝神〟の登場にリリィの心は浮き立つが、その声色に込められた酷薄《こくはく》さに気付かないまま、神を名乗る何者かはリリィの話を聞かずに一方的に告げる。

【哀れで愚かなリリィ。君はもう十分楽しんだろう？　だからそろそろ、私の為の駒になってくれ】

（神様？　一体何を……？）

その真意を確かめる暇もなく、突如リリィの脳内に義務的な音声が響く。

【条件未達成のまま、スキル《王冠の神権》が解放されました。ペナルティにより、リリィ・ハイベルは《メタトロン》へ変成します】

魔物と偽りの天使

それは、その生涯でただの一度も正道を違えなかったシャーロットの願いを、何者かが叶えたとしか思えない光景だった。

雲を突き破るほどの炎の柱が突如として現れ、彼女とゼオを呑み込む。その周りを吹き荒れる烈風が取り囲む騎士たちの身動きを封じ、ようやく炎と風が収まった時、ゼオの人間としての意識が水底から浮上するように浮かび上がった。

（ぐぐ……⁉　お、お嬢が何かしたのか……？）

頭を左右に振って、自身に縋りつくシャーロットを見下ろす。バーサーク・キメラに進化し、女神の加護などという意味の分からない要素でもなければ理性を取り戻すことなど出来ないと思っていたのに、まさかこんなすぐにそうなるとは思いもしなかったゼオは、倒れ込むシャーロットを手で支えながら《ステータス閲覧》を発動しようとした、その時。

「ああああああああああああああああああっ！？！？」

喉を引き裂かんばかりの絶叫がリリィの口から迸る。慌てて振り返ってみると、周囲の瓦礫がリリィの体に取り込まれるように収束していき、その色と形、そして材質までも変質していく。そして出来上がったソレはゼオから距離を置くように浮かび上がり、ゼオは茫然と見上げるしか出来なかった。

（な、何だありゃあ……⁉）

王都の広場を見下ろすのは、白磁と黄金で出来たかのような色合いを持つ、王冠を被った女の胸像だ。その背後には白い翼と、頭上には一つの巨大な眼球が浮かんでいる。陽光を浴びて、より神々しい輝きを放つソレは、さながら天の使いか何かに見える美しさがあった。

名前：リリィ・ハイベル　種族：メタトロン
Lv：1　HP：1438／1438　MP：∞
攻撃：100　耐久：1000　魔力：1012　敏捷：100

◆スキル◆
《王冠の神権：Lv1》《聖壁の鎧：Lv1》《聖光の刃：Lv1》《天使の翼：Lv1》《神の目：Lv1》《使徒生誕：Lv1》

◆称号◆
《公爵家の令嬢》《恩知らず》《悪女》《絆を引き裂く者》《親殺し》《不義の輩》《権力欲の権化》《ただのビッチ》《元平民》《勘違い女》《レベル上限解放者》《王冠の果樹》

（進化したのか⁉　人間が⁉　種族どころかスキルも大幅に変わって……ていうか、MP無限っ⁉）

ステータスの上昇値もおかしい。HPと耐久、魔力ではゼオと張り合える。スキルの名前を見る限りは恐らく後方型の戦い方を得意とするのだろう。代わりと言っては何だが他のステータスは低い。しかし問題はMPが無限であるということに尽きる。スキルレベルが低いとはいえ、無制限に連発されるのは脅威でしかない。

『て、天使様だ……！』

『神の使いが……あの魔物に直接天罰を……！』

王都の住民たちはその神々しい姿に感嘆の涙すら流しそうな様子で眺めているが、不意にリリィ……もとい、メタトロンの両目が強い光を発し、その視線がシャーロットに向けられる。

（やべぇっ⁉）

咄嗟に全身でシャーロットの体を覆い隠す。その瞬間、メタトロンの両目から細いレーザーが迸り、縦横無尽に薙ぎ払われた。《聖光の刃》のスキルであるとゼオは確信する。光はゼオの表皮を浅く切り裂き、街と一緒に人々を両断した。

『いやあああああああっ!?』

『ど、どうして!?　あれも魔物なのか!?』

下手な刃よりも鋭く切り裂かれ、倒壊する建物に巻き込まれた王都の人間たちは、先ほどの感想とは打って変わって、メタトロンにも恐怖の感情を向ける。しかしゼオにはそんなことを気にする暇は無い。今この天使モドキは、明らかにシャーロットを狙っていた。

まだシャーロットの命を狙おうとしている……そのことを理解したゼオは、再びシャーロットに光の刃を振るおうとしたメタトロンの顔面を目掛けて殴り掛かる。

（なっ……!?　こ、これは……!?）

ゼオは自分のステータスをサッと確認し、スキル名からその詳細を予測して《猿王の腕》を発動させた。黒い剛毛に覆われた右拳を放ち、メタトロンの顔に突き刺そうとした瞬間、その表面を覆うような光の壁に阻まれていることに気付く。

十中八九《聖壁の鎧》だろう。それがメトロタンの体全体に沿うように覆っていた。一度阻まれたが大きなヒビを入れることは出来、体重を乗せて押し込むようにすれば突き破れたが、どうやら威力はかなり削がれてしまったらしい。

名前：リリィ・ハイベル　種族：メタトロン
Ｌｖ：１　ＨＰ：１４０２／１４３８　ＭＰ：∞

ステータス差を考えれば一撃でHPの一割は削れそうだが、あのスキルはかなり厄介であると認めざるを得ない。その上、MPが無限であるため、常時あのスキルが発動されっぱなしであると思うと気が滅入りそうになる。

そんなゼオを邪魔な障害と認識したのか、メタトロンは視線をこちらに向けると再び《聖光の刃》を発射する。

「ガァァアッ!?」

光線は熱を宿してゼオの肩と胸を抉る。MP無限と聞けばその分威力が上がりそうだが、攻撃系や防御系、回復系のスキルには効果の上限が存在する。どれだけMPを注ぎ込んでも、その限度を突破することは出来ないのだ。

そのおかげで向こうも決定打を打てていないが、それはこちらも同じ。長引けばゼオの敗北だ。そうはさせないと、彼はもう片方の腕を《妖蟷螂の鎌》に変化させてメタトロンに斬りかかった。

「はぁ……はぁ……! ゼ……オ……!」

そんな血を流しながら戦うゼオの背中に守られながら、シャーロットは高熱で震える体を無理矢理起こして、辺りに転がっていた騎士の遺体から剣を拝借し、魔封じの腕輪が嵌められた右腕に添える。

あの天使モドキの光から身を挺《てい》して自分を庇った時から、何らかの要因でゼオが正気に戻ったことを悟ったシャーロットだったが、たとえそうでなくてもやることは変わらない。この腕輪さえ無ければ傷つくゼオを癒すことも出来るだろう。彼女は今、身に纏う襤褸を噛み締めながら、忌々しい腕輪が嵌められた腕を切り落とそうとしていた。

「アァァァー」

しかし、そんな暇すら与えまいとメタトロンは澄んだ声と共に新たなスキルを発動させる。胸像のような全身から、翼の生えた真っ白な甲冑《かっちゅう》を纏った騎士が幾体も生み出されたのだ。ゼオをシャーロットを殺すための障害と認識したメタトロンは、《使徒生誕》のスキルで手下を生み出し、シャーロットを殺そうとしていた。

種族：パペットエンジェル
Ｌｖ：15　ＨＰ：250／250　ＭＰ：250／250

（ステータスが均一のモンスターを……しかもＭＰ無限だからいくらでも生み出せるってのか⁉　クッソ、こいつ天使っぽい種属名のくせしてやること結構えげつない‼）

ゼオは背中を攻撃されるリスクを覚悟の上でメタトロンに背を向ける。それぞれ剣を持ってシャーロットに斬りかかろうとしているパペットエンジェルたちを、蟷螂の腕で纏めて横薙ぎにしようとした時、空から野太い声が飛来した。

「どぉおおおおりゃあああああああああっ！！！」

（ラ、ラブさん⁉）

逞しい拳と蹴りが騎士甲冑の天使たちを粉砕し、その衝撃でシャーロットは握っていた剣を取り落とす。上空から飛来した猛攻は、さながら隕石のようだ。

「間に合ったのか、間に合ってないのか判断付かないわねぇ……！　状況説明！」

（オ、オスっ！）

オカマとキメラはシャーロットを守るような立ち位置について、延々と生み出されては向かってくるパペットエンジェルを迎え撃つ。その間、ラブは《思念探知》のスキルでゼオから状況を全て確認した。

「なるほど……どうやらあのデカいのは、この娘を狙っているみたいねぇん」

二体のパペットエンジェルの足を掴んで即席の武器とし、他の甲冑天使たちを砕いていくラブ。その合間に飛んでくる光線をクネクネとした動きで回避しているあたり、まだまだ余裕そうだ。しかし、彼女の立場上、メタトロンの討伐よりも優先しなければならないことがある。

「ワタシは女神教の使徒としてシャーロット嬢、ひいては町の住民を一人でも多くこの災厄から守らなければならないわぁ」

パペットエンジェルたちは相変わらずシャーロットを狙っているが、メタトロンの攻撃範囲は広い。光線が届く限り、建物も人もお構いなしに巻き込んで攻撃している。女神教の信徒と思われる僧服を着た者たちが必死に救護活動をしているが、殲滅《せんめつ》されるのも時間の問題だろう。

「相手の攻撃を引きつけ、眷属《けんぞく》を生み出す余裕も与えないようにしなくちゃいけないわ。そしてそれが出来るのはアンタだけ……シャーロット嬢はアタシが死んでも守る。だからアンタはあのデカいのをぶっ飛ばしてやんなさい！」

「グォオオオオオオオオオッ!!」

言われるまでもないという意思を込めてゼオは咆哮を上げる。それを聞いたラブはニッと笑うと、シャーロットの体を抱きかかえて走り出そうとするが、当のシャーロットは抵抗するかのようにゼオに向かって手を伸ばした。

「ダメ……！　あの子がまた……傷ついて……！」

「いいから行くわよぉ！　アンタがここに居たら、あの子が本気で戦えないでしょう!?」

ラブは息も絶え絶えといった体調でありながら動こうとする精神力に感嘆しつつも叱責し、懐から取り出した小瓶の中身をシャーロットの口に入れる。中に入っていた甘いゲル状の物体と絡まっていたモンドラゴラの生薬が、嚥下《えんげ》能力が極端に衰えたシャーロットの喉を通過し、胃に到達する。

「この雑魚共とシャーロット嬢はワタシに任せなさぁい！」

「ゼオ……！」

遠ざかりながらも手を伸ばすシャーロット。その姿が、今生の別れになる予感を覚えながら、ゼオはメタトロンと向き直る。

「アァー……」

パペットエンジェルたちは広場の外に跳躍したラブに抱えられたシャーロットを追いかけるように広場を出ていく。メタトロンは更なる追っ手を生み出しながら、遠くに居るラブの背中に視線を向け、その眼球に光をため込んでいるが　ゼオはそんなメタトロンの頭を鷲掴みにする。

「？」

（おい……こっちを無視してお嬢を狙ってんじゃねぇぇっ!!）

腕を猿王のそれに変化させ、いっそのこと憎たらしくなった彫刻のような顔に拳を叩きこむ。相変わらず聖壁でダメージは大きく削られているが、振り抜かれた一撃はメタトロンの顔を全身ごと仰《の》け反らせ、建物に向かって吹き飛ばした。

天使モドキの巨体が建造物を薙ぎ倒す。それに対し、メタトロンは痛みを感じていないかのように、新たに使徒を生み出しながら視線をゼオに向けるが、肝心のゼオが居ない。

横に回り込みながら《透明化》で姿をくらまし、更に一撃を叩き込もうとしているのだ。《凍える息》による氷結ブレスで、生み出されるパペットエンジェルごと氷漬けにし、更なる一撃を叩き込もうと企んでいたが、メタトロンの頭上の眼球がぐるりとゼオが居る方向を向き、メタトロンもそれに合わせて視線を動かす。

(《神の目》は探知スキルか！　このままだと先に攻撃される……!?)

一瞬の迷い。しかしそれに構うことなく、ゼオは冷気の豪風を吐き出すが、それに先んじてメタトロンの光線がゼオの胴体を袈裟《けさ》懸けに切り裂く。宙に飛び散る鮮血。氷に覆われた天使モドキとその使徒。その中でメタトロンだけは氷を砕いて動き始めるが、その硬直時間を見逃すゼオではない。再び猿王の拳で殴り、聖壁を割る。

(《聖壁の鎧》が常時発動型か、任意発動型かは分からねぇ……だが、障壁を割ってから元に戻るまで一～二秒かかってる！　つまりその間に追撃出来れば……！)

障壁を割るのと同時に勢いで殴り飛ばすのではなく、今度は五本の指でメトロタンの首根っこを掴む。このまま窒息死させられれば楽なのだが、気道を押さえている感覚が無い。感触としてはスベスベになるまで研磨《けんま》された石に近いだろう。

(どういう体の構造してんだこいつは……よぉっ!!)

首を掴んだまま、体全体で勢いを付け、三軒の建物を倒壊させながらメタトロンの体を地面に叩きつける。この程度で障壁を割ることは出来ないが、腕という異物に介入された障壁は、完全な復元に至ることが出来ていない。

穴の開いた壁など脅威ではない。ゼオは腕を引き抜くと同時に《電撃の息》をメタトロンに浴びせる。

「アアアアアアアアア」

スキルが進化したのか、以前よりも太い電撃がメタトロンに直撃し、全身に電光が迸る。だがメタトロンは痛みを感じていないかのように平然と光線を浴びせてきた。

「グガァアアアッ!?」

今までよりも強烈な光の斬撃。明確にゼオを障害と認識したのだろう、スキルの威力上限限界までMPを注ぎ込み、それを連射している。今までよりも深く血肉を切り裂かれ、悪臭を放つ血潮が滝のように流れ落ちた。

痛みに思わず仰け反るゼオ。僅かに遠ざかる障壁は凄まじいスピードで復元されようとしていた。そしてそれが、使徒を生み出す時間にもなり、それを阻むにも手が届かないということも分かっている。

(させるかぁっ!!)

だからこそ、ゼオは攻撃の手を緩めない。一度の反撃がシャーロットに少なくない脅威を与えると知っているからだ。閉じかかった穴を目掛けて吐き出された《火炎の息》が爆裂する。僅かな穴を起点に広がる炎と衝撃が、《聖壁の鎧》に大穴を開けた。

(その厄介な壁を壊せば、お前の素の耐久値程度なら一発で体力半分は持っていける!)

亀裂の入った障壁を叩き割るかのような、スパイクがいくつも生えた尾によるテールスイングが炸裂。攻撃の動作で一軒、体の側面を打ち抜かれて地面に擦れるように転倒することでまた一軒、戦場は広場から住宅街へ移行し、いくつもの建物を巻き込んでいく。

「ァァアアー」

（ぐぅぅうっ⁉）

そして痛みを感じる様子もなく、怯《ひる》みもしないメタトロンの反撃がゼオを切り裂く。互いの攻撃で転げ回る天使と魔物の戦いは、さながら怪獣映画のようなものだった。本来なら隙を窺いつつ冷静に攻撃を回避し、勝利の確実性を引き上げるのだが、無限に使徒を生み出し、広範囲をビームで薙ぎ払われてはシャーロットに及ぶ危険性まで引き上げられてしまう。

（ぐっ……⁉　しかもこいつ、戦闘中にスキルレベルを上げてやがる……！　無制限に撃てるならいくらでも回数貯められるしなぁ……！）

最初と比べて明らかに威力が増した光線にゼオは内心で舌打ちをする。元々の素材が貧弱なせいか、大仰な種属名に反してそこまで強くはない。しかしこのままスキルレベルを上げられ続けてはもはや手に負えなくなってしまう。

名前：ゼオ　種族：バーサーク・キメラ
Lv：2　HP：798／1521　MP：812／1503

戦闘開始から大勢の騎士を殺傷したゼオだが、レベルはたった1しか上がっていない。進化に伴ってレベルが上がるのに必要な経験値が大幅に増えたのだ。こちらのＨＰが半分近くに迫っているのに対し、向こうは時間経過によるＨＰ回復速度も速いらしく、体力はほぼ万全。このままではいずれ詰むことを確信したゼオは、勝負を仕掛ける。

（新たに得た三つのスキル……それらに限界までＭＰ注ぎ込んで同時に使う……反撃の隙は与えねぇ）

一つのスキルに50ほどのＭＰを注ぎ込み、右手に《猿王の腕》、左手に《妖蟷螂の鎌》、そして背中からは《触手》が、今までよりも強靭になって変成される。再び閉じられかけた障壁の穴に巨大な火球をぶつけて爆破し、ゼオは翼と《飛行強化》のスキルを推進力にしてメタトロンの懐に飛び込んだ。

（おらぁぁあっ!!）

天使の両目が光る。その内の片方、右目に鎌を突き刺したゼオの右肩を、左目から放たれたレーザーが貫き、そのまま上に向かって切り裂く。噴水のように吹き上がる血潮がキメラの顔を濡らすが、それに対するメタトロンは頭部に刃物が突き刺さっても全く堪える様子が無い。

名前：リリィ・ハイベル　種族：メタトロン
Ｌｖ：１　ＨＰ：１００１／１４３８　ＭＰ：∞

普通、刃が頭部に突き刺されればその時点で決着だが、考えてみればこのメタトロンは核となっているリリィ以外はすべて瓦礫から体を作り出している。つまり普通の生物とは急所が違うのだ。体の何処かに居ると思われるリリィを仕留めれば勝てそうではあるのだが、そんなことに悠長に時間をかけるつもりはない。

（反撃を恐れるな……このまま一気に砕くっ！　光よりも速く！）

巨大な天使と魔物の、ガード知らずの猛攻が家屋を薙ぎ倒していく。王国の首都に相応しい煉瓦造りの街並みを瓦礫に変えながら。

右の殴打によって食い込んでいた左の鎌が外れ、ゼオは返す刀で今度は肩から斜めに切り裂く。その間にゼオが受けた光線の数は九発。連射速度も上がっているらしく、攻撃を恐れないロボットじみた動きとは極めて相性がいい。ゼオのＨＰは一気に５００ほど削り取られた。

（でも流石に欠損だけはすぐには治ってねぇみたいだな！）

鎌に貫かれた右目は亀裂と共に開いた空洞となっている。《聖光の刃》が眼から発射されていることは既にステータスから確認が取れている。頭上に浮かんでいる《神の目》が気になるが、あれからもビームを出せるならとっくに出しているだろう。

残った左目から光線を放とうとしているメタトロンの顎をアッパーで打ち上げて攻撃を天空へ向けると、視線を戻す暇も与えず触手を首に巻き付け、左目を地面に押し当てるように引き倒した。

（お前がビーム一辺倒の殺戮《さつりく》兵器だってことはもう分かってんだよ！　顔を地面に押し付けられたら、もうロクな攻撃は出来ねぇはずだ！）

もがき出して拘束を解こうとしているが、全体重を乗せて筋力が増加している《猿王の腕》によって頭を押さえつけられては、手足を持たないメタトロンが脱出することなど不可能。悪あがきに飛行用の翼でゼオの体を叩いているが、それも触手で一纏めに縛り上げる。

（まずはその首貰ったぁッ!!）

妖蟷螂の刃がメタトロンの首に深々と食い込む。それを何度も何度も首に叩き込み、断面をズタズタにしながら頭部を切り離した。

「アァアー」

（これでもまだ動けんのか!?）

口からは澄んだ声が響き渡り、下敷きにしている胴体は未だ身動ぎをしている。首と胴体を引っ付けて時間を置けばいずれ復活しそうだ。血も流れておらず、断面も割れた鉱石と似ているので、その推測はあながち間違いではないような気がする。

（粉々にしてビッチを引きずり出してやる！）

鎌を普通の竜の腕に戻し、メタトロンの頭を両手で持って下敷きにしている胴体に何度も何度も叩きつける。聖壁で自分の体を包み込む暇も与えない、今までの鬱憤や怒りを全て叩き込むかのような怒涛《どとう》の連撃。ひび割れる胴体に頭を捻じ込み、ゼオは少し後方へと飛び退《の》いた。

（あの体は鉱石に近い。対物破壊能力が弱い電撃や冷気じゃ通用しねぇ……これで一気に砕く！）

口腔からメタトロン目掛けて迸る極大の火炎球。上限一杯のMPが込められた一撃は、着弾と共に凄まじい衝撃と爆炎となって街をクレーター状に薙ぎ払った。

飛び散る無数の白磁と黄金に体を打ち付けられながら、濛々《もうもう》と立ち込める煙を触手や腕で払うと、そこには跡形も無くなった胴体と、右半分が崩れて焼け焦げている頭部が、ぎこちない動きで飛行していた。

「アッ……ア……ア、ァ……」

メタトロンは頭上に浮かぶ眼球で辺りを見渡す。それはまるでシャーロットを捜しているようだと予感したゼオは、全身から流れ落ちる血を無視して飛び上がり、眼球に猿王の拳を叩きこんだ。

(お前が何でそんなにお嬢を狙ってんのか知らねぇけどなぁ……!)

大きな亀裂が入って吹き飛ばされる眼球に触手が巻き付き、円を描きながら猛烈な勢いで回し始める。触手を鎖に見立てたモーニングスターだ。先端の重量によって遠心力が加算された強烈無比な一撃。ゼオはヨロヨロとした頼りない飛行で逃げ出そうとするメタトロンの頭部を睨む。

(俺の惚れた女に、手ぇ出してんじゃねぇ!!)

バゴォッ! という破砕音が空に響く。衝突したメタトロンの頭部と《神の目》が砕け散り、煌びやかな外見を彩っていた白磁と黄金は、元の材料である瓦礫の褐色へと戻った。

飛び散る破片に交じって地面に落下していくリリィと、その衝突で目を覚まして「ぎゃあああああっ!?」とみっともなく悲鳴を上げる彼女のステータスを見て、ゼオはようやく肩の力を抜いたのだった。

そして悪女は地獄へ落ちる

「ひぎぃいいいいいいっ!? い、痛いいいいい! 折れた! 腰が折れたぁぁあああっ!?」

(ちっ……! このビッチマジでしぶとい)

天使の残骸が飛び散り、倒壊した街の中で元気にのたうち回るリリィを見下ろし、ゼオは舌打ちをする。

名前：リリィ・ハイベル　種族：ヒューマン
Lv：8　HP：4／8　MP：0／8
攻撃：8　耐久：8　魔力：8　敏捷：8

◆称号◆
《公爵家の令嬢》《恩知らず》《悪女》《絆を引き裂く者》《親殺し》《不義の輩》《権力欲の権化》
《ただのビッチ》《元平民》《勘違い女》

ステータスを確認してみると、メタトロンに進化した時のスキルはおろか、元々持っていた《感情増幅》や《光魔法》が、《王冠の神権》諸共消えている上に、レベルに反した魔力値やMPまで無くなっている。詳しくスキルの詳細を調べる余裕も無かったので原因が分からないが、厄介なスキルが無くなったのは良しとした。

「ゼオ！」

いっそのこと、このままリリィに止めを刺してやろうかと思っていた時、聞き慣れた鈴の音のような声がゼオの耳に届く。ラブに連れていかれたシャーロットだ。特効薬を呑んで病原菌を取り払ったおかげなのだろうか、足元は未だフラついていながらも先ほどよりも遥かに体調の良さそうな顔色でゼオに近づいてくる。

腕に嵌められていた魔封じの腕輪も無くなっていた。ラブがシャーロットを避難場所まで連れていき、信頼出来る部下に身柄を預けたのだ。そのついでにミスリル製の腕輪を指先で捻り千切って。

シャーロットは自分が特効薬を服用したことを認識し、出来る限りの処置を自分に施してから残り少ない体力でゼオの元へと駆け付け、もう自分の腕では抱き上げられない巨体となったキメラを見て涙ぐむ。

「こんなに傷を負って……！」

体を屈め、自分の体の前に下ろされたゼオの顔に抱きつくように縋りついたシャーロットは、ありったけの魔力を込めた治癒魔法で未だ血を流し続ける全身の傷を全て塞いでくれた。そして自らの血と、犠牲になった者たちの返り血で薄汚れたゼオの体の鱗を手で擦りながら、シャーロットは穏やかな瞳を少しだけ吊り上げながら言い募る。

「どうしてこのような無茶をしたのですか……！　こんな傷だらけになって……実際に死にかけて……！」

「……グルルルル」

仮にゼオが言語を発せられたとしても言い訳が出来ないといった様子で全身を地に伏せ、尻尾と翼を丸める。助けるつもりだったのに、こんなにも心労を掛けてしまっては世話が無い。いつものようにバツが悪い時特有の体勢で、ゼオはシャーロットの言葉に耳を傾けた。

「結果助かったから良かったものの……！　貴方が斬られた時、私は目の前が真っ暗になりましたっ。貴方が死んでしまったと思ってっ！」

（ご、ごめんって！　悪かったよ、お嬢！　俺が無茶し過ぎたからっ！）

　今までに無いくらいの激しさで怒りを露わにするシャーロットに、ゼオはタジタジになる。その声が徐々に涙に染まっていき、ゼオの顔にいくつもの水滴が弾けた。

「本当に生きた心地がしなかったんですよ……？　たとえ私が助かったとしても、貴方の命が失われたら、私はどうすればいいんですか……？　それとも、私の心配など、どうでも良いというのですか……!?」

（お嬢……）

「……でも、ありがとう……ございます……！　貴方のおかげで、私は……！」

　ゼオの顔に縋りついたまま震えるシャーロット。彼女は怒るかもしれないが、絶体絶命から何とか命を繋げて良かったと思う。ゼオがいつもそうしていた時と同じように、しかし悲嘆だけではなく確かな喜びも混じった嗚咽を零すシャーロットの背中を、巨大になった王鳥の翼で撫でようとしたその時、瓦礫と化した王都の広場周辺にいくつもの悲鳴が上がった。

『うわぁあああっ!?　ば、化け物がまだ生きてやがるぞ!?』

『ちょっと騎士団!!　早くあんな恐ろしい化け物殺しちゃってよ!!』

『わ、分かっている！　ぜ、全員、あの化け物を討ち取れ!!　近寄っては危険だ、魔法や弓矢で攻撃するのだ！』

　その正体は恐れ知らずの野次馬や騎士たちだった。女神教の信徒たちによってリリィ以外の生存者は全員広場から離れていたのだが、戦闘の終結によって様子を見に来たらしい。彼らの目には、抑えきれないほどの恐れと侮蔑がありありと浮かんでいた。

（あぁ……やっぱりこうなったか）

ゼオは正気を失っている間、自分が何をしていたのかハッキリと覚えていた。街を壊し、騎士も民間人も関係無く原型も留めずに潰し、高位貴族たちに重傷を負わせた。その上巨体を持つ魔物など、何も知らぬ彼らがどうして受け入れてくれるだろうか？

『おい、あそこにいるのは大罪人のシャーロットじゃないのか⁉』

『奴はあの化け物を従えていると聞いたが、それは本当だったのか⁉』

だがその言葉、その認識だけは見過ごせない。ゼオは自分が為したことと、シャーロットの未来を考え、そして一つの決断を下す。

「シャーロット嬢！　アンタも重体なんだから、無理しちゃ駄目でしょっ！」

化け物と、再び雨のように浴びせられる呪詛の中で、ただ一人だけシャーロットの身を案じる声が聞こえてきた。その声の持ち主は言わずもがなラブだ。彼はパペットエンジェルを全滅させた後、先ほどまで避難救助を行っていたのだが、部下に預けたはずのシャーロットが広場に居ると気付いて慌てて向かってきたのだ。

「ガァアアッ‼」

「っ‼」

ゼオはラブに向かって吠える。それと同時に、「シャーロットの名誉を守る準備は出来たのか」という強烈な思念を叩きこんだ。

それに対してラブはしっかりと頷く。ステータスを見てみれば、《思念探知》のスキルが上がっている今の彼女には、一瞬で考えていることを相手に伝えることが可能となっている。ラブは用意した秘策の全てを思念に乗せてゼオに叩き返すと、ゼオもこれから取る行動を彼女に伝えた。

「なっ……!? アンタ……それ……!」

ラブにしては珍しく動揺する。そして葛藤するようにきつく目を瞑《つぶ》って震えながら俯いていると、四方を遠くから囲む騎士たちから一斉に遠距離攻撃が放たれた。弓矢に炎、風の刃に氷の礫《つぶて》。どれも今のゼオには大したダメージにはならないが、ゼオが攻撃されているという事実自体に耐えられなかったシャーロットは、彼を庇うように両手を広げる。

「ま、待ってください! 確かにこの子は大勢を殺め、傷付けました! ですがこの子にもう戦意は……!」

その先をゼオは続けさせなかった。ゼオの口から吐き出された薄い水色の煙がシャーロットに浴びせられると、彼女は意識を緩やかに手放した。

つい先ほど、《技能購入》で400SPを払って手に入れたスキル、《睡眠の息》だ。強烈な睡眠ガスを浴びて、地面に倒れそうになったシャーロットの体を大きな手でさり気なく支え、ゆっくりと地面に横たえさせると、強い思念がゼオの頭に送り込まれる。

――このワタシに悪役をやらせようなんて、この貸しは高いわよぉ? いつかちゃんと返しに来なさい!

これから発せられる言葉とは正反対の想いが、ゼオに対する返答だった。

「いやあぁあああん!! 凶悪な魔物がシャーロット嬢を殺そうとしてるわぁあああ!! 早く助けなくちゃああああっ!!」

「は……!? いや、シャーロットが魔物を従えてるんじゃ……?」

「馬鹿ねぇえええん!! 魔物を使役するのってすごく難しいのよぉおおお!? 二十歳にもなってな

い若輩者が出来ることじゃないのよぉおおおお!?」

ややワザとらしい口調だが、それでも耳を覆いたくなるような広場全体に響く野太い声。それを発しているのが、女神教でも有名な奇妙な出で立ちの枢機卿であると周囲が認識すると、彼らの中で疑惑が浮かび上がる。

シャーロットはもしや、この魔物騒ぎに何の関わりもないのではないか？　真実はどうであれ、知名度と確かな地位を持った有力者の言葉に、衆愚《しゅうぐ》はシャーロットが何らかの経緯で巻き込まれた被害者であると考え始めた。

（そうだ……それでいい）

犯罪者の縁者に向けられる世間の冷たさを、ゼオは身を以て理解している。誤解が解ければ、シャーロットは輝かしい未来を取り戻せるに違いない。街も人も壊し、王侯貴族にすら危害を加えた魔物と関わりがあるなどと思わせる訳にはいかないのだ。こんな血塗れの怪物の手では、彼女の未来に影しか落とせないのだから。

「グォオオオオッ!!」

駄目押しとばかりに、ゼオは心に修羅を宿し、胸が張り裂けそうな想いを咆哮に乗せながら手を振り上げ、シャーロットに向かって振り下ろす。それが合図だ。

「させないわよぉおおおお!!　ふんぬぁあああああああああっ!!」

ゆっくりとした動作をしている間に猛スピードで間合いを詰めてきたラブの剛拳がゼオの胸を打つ。演技の必要も無く建物に背中から叩きつけられたキメラは、全身が血で濡れていることも相まって、撃退されたという名目を手に入れた。

「ガァアアアアアアアアアアアアアアアアッ!!」

巨大な翼を羽ばたかせ、空に舞い上がるゼオ。眼下で眠る愛する女を辛そうに眺め、どこまでも悲しい咆哮と共に西の空へ飛び去っていった。

これで良かったのだと自分に言い聞かせて。シャーロットがいつか、自分の幸せを見つけられるようにと願って。たった一人の為に汚名を被って、怪物は両眼から人間のような涙を零していった。


化け物が撃退されたと喜ぶ人々を見て、ラブはとんでもなく複雑な気持ちになった。リリィさえ何もしなければ、このような大惨事が巻き起こることもなかったであろう。

全ての罪がシャーロットにあるかのように振る舞っていた彼らが無責任に助かったことを喜んでいると思うと余計に。

(とりあえず、シャーロット嬢を安静にさせなきゃねぇ。数日間もの間、高熱で苦しみ続けたせいで体力が著しく消耗しているはず)

あのキメラのことを想い、人知れず零れた涙を指で拭い、シャーロットを教会のベッドで寝かせる為に抱き上げようとしたその時、後ろから喧《やかま》しい声が聞こえてきた。

「リリィ! 無事であったか!?」

「リチャード様ぁっ!!」

運良く戦いの余波から逃れ、今しがた目を覚ましたリチャードが、膝を曲げずに大股開きでリリィの元へと近づいていく。尻の部分から漂う悪臭にラブもリリィも顔を顰めたが、この場で一番の権力者の登場にリリィは喜色《きしょく》を浮かべる。

「ウォーロット枢機卿！　その悪女の身柄を渡してもらおう！　その女は未来の王妃を虐げ、敵国に情報を売った罪で処刑せねばならないのでな！」

「……はぁ。今はラブで通ってるんだけどねぇ……この街や人の有様を見て、まだそんなことが言えるなんて……」

罪人を裁くよりも、王子としてやるべきことがあるだろうと、ラブはこれ見よがしに嘆息する。しかも敵国アインガルドに情報を売ったことよりも、リリィを虐げたことに対する恨みの方が強いように思える。恋は盲目とよく言うが、スキルの影響を加味しても哀れだ。

「そ、そうよそうよ！　世界で一番高貴な女になるこの私を酷い目に遭わせたのよ!?　その女はこの世の地獄を味わわせなきゃ気が済まな――――っ」

リリィが大口を開けた瞬間、ラブは人さし指と親指で黒く小さな粒を弾き、リリィの喉奥へ放り込む。あまりの小ささ故にちょっとした違和感と共にそれを呑み込んだリリィは言葉を切るが、ラブはそれに構わず彼女に問いかけた。

「ねぇ、それはそれとして質問があるんだけどぉ……貴女のご両親ってどんな最期だったのかしらぁ？」

「？　貴様、何故いきなりそのような問いかけをする？　リリィの実のご両親は、強盗によって殺されてしまったのだ！　傷心の彼女の傷を抉るような真似は、この私が許しはしな……」

そうリリィを庇おうとしたリチャードだが、当のリリィの口から信じられない言葉が迸る。

「あのダサくてみっともない両親は私が殺したわ！　だって公爵の伯父の家に養女に出してって何度もお願いしたのに、それを聞き入れてくれないから邪魔になったのよ！」

その言葉は、傍にいるリチャードだけではなく周囲の騎士や民間人も唖然とさせる。リリィ自身も、自分が口走ったことが信じられないといった様子だ。普段の彼女であれば泣き真似の一つはするのだが、それが全く出来ない内に本音が大声で発せられた。

「それは酷いことをするわねぇ。じゃあもしかして、シャーロット嬢に苛められてるって噂も嘘だったりするのかしらぁ？」

「そうよ！　その女が根暗で気弱で臆病なせいで、一々冤罪作らなきゃならなかったのよ!?　面倒ったらなかったわ！　まぁ、仮にも貴族の女が惨めに泣き寝入りする姿は見ていて愉快だったけれどね！」

リリィは口を押さえて言葉が出ないようにしているが、それすら徒労に終わる。ラブがリリィに呑ませたのは、尋問などでもよく使われる自白の魔法薬だ。解呪《かいじゅ》するまで延々と本音をまき散らし続けるこの薬は人心を無視する類の物であり、ラブは趣味じゃないと好まなかったが、キメラとの約束を守るためにあえてその信条を捻じ曲げる。

「リ、リリィ……？　君は一体何を……？」

「それじゃあ、シャーロット嬢から王太子を奪ったのは何故？　それほどまでに彼に恋い焦がれていたのかしら？」

「そんな訳ないでしょ!?　確かに最初は私を輝かせるアクセサリーになると思ってたけど、こんな脱糞野郎絶対にお断りよ!!　せいぜい他国の美形な王子様との橋渡しくらいに使ってやるから感謝してほしいくらいだわ!!」

「なっ……!?」

愕然とするリチャード。そんな彼のことなど気に留める様子もなく、リリィはラブの質問に正直に答えていく。

「育ててくれたご両親や、引き取ってくれた公爵家に罪悪感は無いのかしら？」

「何でそんなもの感じる必要があるのよ？　この世の全ては私を輝かせる為にあるの！　道具が使い潰されようと知ったことじゃないわ」

「愛する人を寝取り、悪評を広め、誰からも見放されるように仕向けられたシャーロット嬢に、同じ女として思うことは？」

「ある訳ないじゃない！　そんな私よりも美しく、育ちも良い女なんて絶対に認められない!!　そういう女を絶望の底に叩き落として嘲笑ってやるのが長年の夢だったのよ!!」

「随分権力欲が強いみたいだけれど、何が貴女をそんなに駆り立てるの？」

「私は私の上に誰かが居るのが我慢ならないの！　この世界は私の踏み台、座るための玉座よ！　皆が私を崇《あが》めてくれなきゃ嫌なのよ!!」

　本来なら、貴族に名を連ねているリリィに魔法薬を呑ませるのは条約違反だ。しかし、それを呑ませたのがラブであるという証拠はどこにも無いし、ステータスに差があり過ぎて誰もラブがリリィに服用させた瞬間を確認出来ていない。要はバレなければいいのである。

「リリィ……君は……いや、貴様は……！」

「はぁ……はぁ……！　リ、リチャード様……？」

　墓まで持っていくつもりだった心情と真実の大半を喋ってしまったリリィは、傍から聞こえるリチャードの低い唸り声に顔を青くさせる。何とか言い訳をしようと口を開けば……。

「何よその態度は⁉　この私に逆らう気⁉　私は世界一高貴な女になるのよ⁉　私に口答えすれば、未来のイケメンな王である夫が黙ってないわよ、この脱糞オムツ王子‼」

居もしない者を頼って逆ギレまでしてしまう始末。王子だけではなく、周囲からも冷め切った視線が送られる中、好感度が最低値を突き破り、スキルも魔力も何もかもを失った真に無力な小娘には、この局面を打破する力などある訳がない。

「貴様は私を……私たちを謀《たばか》ったのかぁッ⁉」

王子の憤激が大気を揺るがす。リリィの苦しみと絶望に染まった終末が始まった。

悔恨の時、悪女の最期

グランディア王国、王室の住居である城を擁する首都で巻き起こった、二体の巨大な魔物による戦闘は、多数の死者と重傷者を出す王国史に残る凄惨な事件となった。

誰もが生きる希望を根こそぎ奪われるような遺体と瓦礫が散乱するこの世の地獄の中で、更にもう一つ歴史に刻まれる大事件が発覚することとなる。

名門ハイベル公爵家の令嬢、リリィのスキルを悪用した王子やその他高位貴族を巻き込む精神干渉詐欺、それに伴うシャーロットへの不当な名誉毀損《きそん》と冤罪死刑未遂は、多くの者たちに衝撃を与えた。

二体の魔物の戦闘が終わり、生き残ったキメラと思われる魔物が王都から飛び去った後、リリィは突然狂ったかのように己の罪業を包み隠さず王子の前で告白。その後の取り調べでも開き直ったかのように犯罪に及んだ心境と手口、リチャード王太子に対する侮辱を声高らかに叫び、更には隣国の王子をも毒牙に掛けようとしたことが発覚した。

恐るべきリリィの本性は瞬く間に王国中に広まり、大勢の者が憤慨した。そして何よりリリィに対して怒りを覚え、同時に悲嘆に暮れたのは、リリィの言葉を鵜呑みにして自らシャーロットを貶め侮辱した、彼女の親類縁者全員である。

シャーロットには何一つ非は無かった。にも拘らず、ありったけの侮辱を彼女の目の前で叫んだ者、天誅と称して大小様々な嫌がらせに興じた者、どのようにして貶め、排除しようかと画策していた者、ただ侮蔑の視線と共に陰口を楽しんでいた者。

シャーロットの両親、友人、兄弟、使用人、恩恵を受けた民に至るまで、ようやく自分たちの愚かさに気が付いた彼らは、ただ茫然と彼女の名前を呟くしか出来なかった。

「リリィお嬢様がそのようなことをするなんて嘘です！　きっとあの性悪女に騙されたに違いありません！」

勿論、彼ら全員が初めからその事実を信じたという訳ではない。抱いた感情全ては誘導されたものだとしても嘘などではないのだから。

そんな声が多く上がっていることを知ったリチャードは、地下牢に捕らえられたリリィとの面会を自由なものとし、発表された悪行が嘘であるということを証明し、彼女を慰めようと大勢の者が駆け付けた。

『何やってんのよ!?　さっさと私を助けなさいよ、このクズ！　それで奇麗なドレスと素敵な宝石、美味しいご飯を持ってきなさい!!　クソクソクソォ!!　どうして私がこんな目に遭わなきゃいけないのよ⁉　せっかくあのシャーロットを蹴り落として名誉も富も手に入れたっていうのに、これじゃあまるで私が悪いみたいじゃない！　どいつもこいつも私に逆らいやがってぇっ‼　私は未来の女帝となる女なのよ⁉』

面会に来る誰に対してもこのようなことを叫び続けては、最早擁護のしようもない。その上、王都で暴れた二体の魔物……その内の天使のような化け物の正体がリリィであるという証言もあり、もはや誰も過去の彼女の姿が偽りであるという確信を捨てられなくなってしまったのだ。

その評価は人から人へ、半月もしない内に王国全土へ広がり、王侯貴族とその関係者の愚かさと共にリリィの悪行の噂は国外にまで流出し始めた。

「……シャーロット……」

それとほぼ同時期に、ようやくシャーロットに対する誤解と偏見を解いた彼女の父であるギリアム・ハイベル公爵は、この一年に及ぶ実の娘に対する冷遇を思い返し、執務室の椅子に座って項垂《うなだ》れていた。

どういう訳か、今では使えなくなっているらしいが、リリィのスキルは人間に対する好き嫌いの感情を増幅させるものらしい。死んだ弟の娘ということで初めから好意的に捉えたのが間違いだったのだろうか、まんまとスキルに引っかかったギリアムはこれまでの実の娘の軌跡をなぞっていく。

慈悲深く、優しい娘だった。貴族としては不安になるくらいに。公爵家が出資経営する孤児院にも足繁く通い、そこに住む少女が泥だらけの手で作った不格好な花冠を被って穏やかな笑みを浮かべていたくらいに、良い意味で貴族らしくない愛娘《まなむすめ》だった。

そんな彼女を心の底から疎ましく思ってしまっていた。どうにか縁を切れないものかと、金だけは持っている脂ぎった中年の貴族に嫁がせて政略結婚の捨て駒にして、その代わりにリリィを公爵家に置いておこうと画策してしまっていたのだ。

『うぅ……っ！　……シャーロット……ごめん……ごめんなさい……っ！　あ……あぁ……っ！』

全ての真相を知った妻、エルザはあまりのショックに寝台から起き上がれなくなってしまったほど。毎日毎日夫婦の寝室で啜《すす》り泣き、夜もうなされて目を覚まし、食欲もすっかり失ってしまっていた。

エルザは言う。「夢の中で血塗れのシャーロットが怨嗟の声を零しながらにじり寄ってくる」のだと。

「……すまない……」

それは弟の子とは思えない恐ろしい娘を引き取ったことで王国を災厄に巻き込んだことに対する謝罪か、ただリリィを甘やかすことに忠告をしたシャーロットを煩わしく撥ね除けた過去に対する悔恨か、ギリアム自身にも区別がつかなかった。

そして公爵家の館はシャーロットの父母が作り出す雰囲気のみではなく、使用人全員が溜息と共に零す暗鬱さで、視覚的にもどんよりと暗くなっているかのように重苦しい空気が流れ続けている。

「……シャーロットお嬢様……」

この屋敷で働く使用人は、シャーロットに職を斡旋《あっせん》してもらって食い扶持《ぶち》を稼げるようになれた者も多い。彼女と出会わなければ野垂れ死んでいたという者も少なくないほどだ。にも拘らず、恩を仇《あだ》で返し続けた自らの所業。料理人もメイドも庭師も御者も、敬愛するシャーロットへの罪悪感に押し潰されていた。中にはリリィのせいだと開き直る者も居るが、そんな彼らも言い訳ごと潰されそうになっている。

そんな中、最も酷い顔をしているのは、かつてシャーロットの専属侍女であり、親友であったケリィだ。何の非もない恩人を、ゴキブリを食べさせようとしたくらいに疎み、全ての元凶であるリリィに対して誠心誠意奉仕していた彼女は、一月もしない内に別人のようにやつれてしまっていた。

表情もすっかり失われ、寝不足で出来た濃い隈と泣き腫らし過ぎて真っ赤になった目元を携えて、つい先月までリリィが使っていた部屋を、元のシャーロットの部屋に出来る限り戻そうと休むことなく働き続ける。

『シャーロットの部屋を元に戻してくれ。……………無駄になるだろうが、頼む。せめて目に見える希望だけでも無いと、皆立ち直れそうにない』

そう指示した館の主の言葉は、使用人全員の心の代弁でもあった。一度奇麗さっぱり忘れてしまったシャーロットに関する記憶を必死になって思い出し、悪趣味な内装の部屋を落ち着いた品の良い部屋に使用人総出で改装していく。

「あ……これ……」

テラスに設置された、調和も考えずに好きな花だけを植えられたプランターをどかしている最中、柵に付いた一本の傷がケリィの目に映る。それは幼少の頃、まだ仕事に慣れていなかったケリィが、シャーロットが大事にしていた鉢植えを柵にぶつけて割ってしまった時の傷だ。

それをシャーロットに見られて、どんな罰を受けるのかと青ざめたが、シャーロットは鉢植えには目もくれずに、割れた破片で切れたケリィの手を取って、当時はまだ拙《つたな》かった治癒魔法を使ったのだ。

――ご、ごめんなさい、お嬢様……！　私、お嬢様が大事にしている花を……

――いいんです。花はまた植え替えればいいんですから。それより、貴女の怪我の方が心配です。

それがきっかけとなり、二人は友情を深めていった。それからというもの、シャーロットとの多くの思い出の品を手にしてきたケリィ。初めてシャーロットと共に編んだハンカチに、鉢植えに咲いた花を使った押し花。シャーロットが幼い頃好きだった童話の本も保管していたし、誕生日にはシンプルで流行廃《はやりすた》りの無いイヤリングを送ってくれたこともある。

尤も、それら全てをゴミとして捨ててしまったが。シャーロットに関する物で、ケリィが持っていた物は全て捨ててしまった。自分の黒歴史と思い込んで、本当に大切な思い出が込められた宝物を。

「ねぇ、これ物置……じゃなくて、お嬢様の部屋から持ってきた荷物なのだけれど……」

「随分拙い出来ね……子供の頃に作ったのかしら？」

同じ部屋で作業していたメイドたちが、先月までシャーロットの部屋であった物置から小さめの箱を持ってきた。中を開けて確認してみると、拙く古いハンカチと押し花が収められていた。

――――交換ですよ？

ケリィは思い出す。初めて出来たハンカチと押し花を交換し合ったことを。そんな大切な記憶まで忘れていた彼女は、ついにその涙腺を決壊させてその場に両膝をつく。

「うぁ……うあぁぁあああああ……!!　お嬢様……！　シャーロット様ぁぁあああ……!!」

以前、鍋を頭から被せられて延々と殴られたことを思い出した。もしあれがシャーロットを虐げたことに対する罰だというのなら、何て温い罰だったのだろう。苦しんで苦しんで苦しみ抜いてから死ぬ、どうして女神はそんな罰を与えてくれなかったのだ。

嗚咽は風に乗って空に木霊《こだま》する。悪辣な鬼女によって植え付けられたほんの少しの疑惑から、向けられた無償の友愛を信じ切れなかった哀れな女が失ったのは、もう二度と元には戻らない過去の絆だった。


あらゆる被害がグランディア王国を襲った。その中でもリチャード王太子と親交が深かった者たちが受けた被害は大きかったと言えるだろう。

まずはルーファスとロイドの兄弟。種を失ったことで世継ぎを残せなくなった兄は、片足を失ったことで騎士としての道を絶たれた領地運営に関して勉強不足な弟を、将来の妻への種馬にすることが決定した。

血統を守る為とはいえドロドロの人間関係を構築せざるを得なくなった兄弟。兄は妻を弟の閨《ねや》へ送り、弟は兄の下でお情け同然に雇ってもらう。未来の妻子共にまともな家族にはなれまい。

次に騎士団長子息のアレックスは両腕を失い、足腰にも異常をきたした。現在は義手の魔道具があり、リハビリを続ければ文字を書くなどの日常生活は問題なく送れるほどの性能だが、剣の神に愛されたとまで称された男が戦場に立つ日は二度と来ない。学の代わりに鍛錬に身を捧げ続けた脳筋男は車椅子に乗り、騎士団の事務作業に勤しむ。間違いなく実家と騎士団に悪影響を与えるほどの落ち目となるだろう。

そして彼らの中で一番被害が大きかったと言えるのはエドワードだ。父、オーレリア宰相はシャーロットに敵国アインガルドとの密通の罪を告発したが、実際に密通していたのはオーレリア宰相自身であるというのが、リリィの境遇をハイベル公爵に伝えた経緯を調べている内に明らかとなった。

その上、国王に対して毒を盛っていたことも判明。もはや一族郎党死刑と決まり騎士団をオーレリア宰相の館に派遣したのだが、当の本人はナイフで自らの喉を切り裂いて自殺していた。一体何がどうしてそのような末路を辿ったのか、一連の犯行の真相がいったん闇に消えたまま、オーレリア家は取り潰し、エドワード含め一家は全員毒杯を呷《あお》ることとなった。

「言えっ!! 貴様はまだ隠し事をしているんじゃないだろうな!?」

「ぎゃあああああああっ!?」

そしてシャーロットの婚約者であったリチャード王太子は、自ら地下牢に赴いてリリィを拷問に掛けていた。王族が薄汚い牢で拷問をするなど前代未聞だが、自らの手で罰しなければ気が済まないほどリチャードは怒り狂っている。

「痛いわねっ!? 何するのよクソ野郎! 私の美しい体に傷でも残ったらどうするつもり!? 命が惜しければ今すぐ私と隣国のイケメン王子を結婚させなさいよ!! そうすれば貧困街に堕とすだけで許してあげるわ!!」

「まだそのような世迷言《よまいごと》を宣《のたま》うか!? このっ! このぉっ!!」

「ひぎゃあああああああっ!? 痛い! 痛いぃいいいいっ!!」

魔法薬の影響でまともに命乞いすることも出来ないリリィの全身がミミズ腫れになるほど延々と鞭を打つリチャード。この女さえ居なければ親友も、愛する人も失わずに済んだ彼の怒りは地獄のように深い。ただ鞭打つだけでは収まらないほどに。

三角木馬に座らせ、何度も自分の一物を挿入した穴は売女の証として原型が無くなるまで傷だらけにした。体を水車に縛り、自動的な水責めを一昼夜かけて行い、足裏に塩水をかけ続けて山羊に筋肉が剥き出しになるまで舐めさせ続けたこともある。

リリィの髪を根元から剃り落とし、丸ハゲになったところを真っ赤に燃える鉄の棒で己の全ての罪を背中に刻み、背もたれも肘掛けも棘だらけの審問椅子で全身を締め上げた。

『やだ……見てよあれ。化け物みたいになってる』

『しかもあれ全裸だぜ。見てて目が腐っちまいそうだ』

もはや尋問の為ではなくリチャードの鬱憤晴らしとして度重なる拷問と、生かさず殺さずの為に施された治癒魔法によって、何とか人の形をしていると認識出来るほどに表皮がボコボコに腫れ上がったリリィは、ついに処刑されることとなる。

まずはその醜くなった体を全裸にひん剥かれ、血が滴る足裏のまま裸足で王都中を引き回された。見物の人々からはまるで化け物を見るかのような視線と、街を滅茶苦茶にした原因の一つとしての憎悪、そして単純な侮蔑の嘲笑を向けられ、リリィは未だ元気良く本音を暴露する。

「何見てんのアンタたち!? 私をこんな目に遭わせてただで済むと思ってるの!? 私は神様に選ばれた絶世の美女なのよ!? 今に見ていなさい、私を助けに来てくれるイケメン王子が、あんたたちなんか皆殺しにしてくれるんだから!!」

そんな言葉は単なる妄言《もうげん》にしか聞こえないと嘲笑う人々に、リリィは羞恥と屈辱に燃える。本当なら命乞いの一つや二つしたいところだが、魔法薬はそれを許さず、リリィの本心を包み隠さず吐き出させる。

そして街を一周させ終わった後、リリィは広場に設けられた晒し台の上で両手両足を広げ縛られた状態で、最早女であることすら一見では分からないほどに変形した体を見せつける。

「この女、リリィは王国を混乱に貶めた大罪人である！　故にこの者を晒し刑から解き放った者には同様に厳罰を下す！　このまま死ぬまで晒す故に、投石と侮蔑以外の干渉を一切禁ずるものとする!!」

そんな執行人の言葉を聞いた人々は、街を壊され縁者を殺められた怒りを乗せて一斉に投石を開始した。

『この売女がぁっ!!　テメェ、よくも俺たちの街を滅茶苦茶にしやがったな!!』

『アンタのせいで私のお父さんは死んだんだ!!　アンタがお父さんを殺したんだ!!』

『死に晒せこのブス!!』

怒りと侮蔑と怨嗟は石と共にリリィの心身を削る。もはや避ける隙すら無いほどに絶え間なく放たれる石の雨によって、リリィは全身血塗れになるまで痛めつけられた。

「痛っ!?　痛ぁあっ!?　や、止めなさい！　止めろ！　止めろって言ってんのよぉおっ!!　私を誰だと思ってるのよ!?　誉れ高き未来の女帝、リリィよ!?　私にこんな酷いことすれば神罰が……神罰が下るわよっ!?」

「うるせぇぇえっ!!　何が神罰だ!!」

「うぎゃあああっ!?」

一人の男が投げた渾身の一投がリリィの鼻に直撃。ボタボタと絶え間なく垂れ流れる鼻血を台に垂らしながら、リリィは血走った目で叫ぶ。

「くそぉっ！　呪ってやる!!　死んでもお前ら全員呪い続けてやる!!　シャーロットも、役立たず共も、お前ら能無し共も、助けてくれない神様も皆！　この世の全てを呪ってやるがらなぁあああああああっ！！！！」

喉が引き裂け、血泡を吹きながらただ投石と罵倒を受け続けるリリィ。その叫びは三日三晩続き、遂にただの一度も反省の色を示すことなく絶命する。後世において遥か海の向こうまで末永く語り継がれる悪女の代表として、リリィは世界史にその名を刻むこととなる。それは皮肉にも、誰よりも高貴な女になりたいという彼女の願いとは正反対の結末だった。

そんなリリィとは正反対に、シャーロットは貶められた反動とばかりに名声が高まっていた。不遇な境遇にも負けずに凛とした姿を貫き通した真の聖女。王都を襲った魔物を鎮め、退却させたのもシャーロットであるという尾ひれの付いた話が民草の間でも信じ込まれているくらいだ。

あの事件以降、疲労で体調を崩したシャーロットは女神教の神殿で匿われていた。貴族や平民、親類縁者に至るまで大勢の者が手のひらを返したかのようにシャーロットへの見舞いに訪れたが、絶対安静や本人の希望による面会謝絶を理由に、女神教徒以外の誰しもがこの一月シャーロットの姿を見ていない。それは、一国の王族であっても同じこと。

「……シャーロットの面会許可は取れたのか？」

「いえ、それが……シャーロット様は既に貴族籍から外れ、女神教の庇護下にある難民であるため、たとえ王族の命令でも本人が望まない限りは面会は断ると……こちらも王侯貴族のことに嘴を挟まないのだから、そちらも女神教の庇護下の者に口出ししないでほしいと言われてはどうしようも

「……」

「くそっ！」

オーレリア元宰相によって父王に毒が盛られていたことを知ったリチャードは急いで女神教徒に要請を呼び掛け、解毒に成功させたものの、未だ全快には至っていない国王に代わって政務を代行していた。

そして部下である王城仕えの事務官からの報告を受け、端正な顔立ちを悲痛に歪めて、懇願するように命じる。

「何としても面会許可をもぎ取れるように問い合わせてくれ……私はどうしても、シャーロットを失いたくないのだ」

自分がどれだけシャーロットを傷つけたかを正しく認識していないにも拘らず、この王子は心の何処かで信じていた。誠実に謝罪すれば、心優しいシャーロットは自分たちを哀れに思って許してくれるはずだと。

……もう、許す許さない以前の問題になっていることにも気付かないままに。

エピローグ

未だに続く王都の復興作業。町の住民たちは、瓦礫の撤去と並行して遺体の処理、女神教の祭司による埋葬などが行われていた。おびただしい瓦礫と化した表通りからは見えない倒壊した裏通り、そこにあるゴミ捨て場で魂が抜けたかのようにブツブツと呟き続けながら、縮れた黒髪を持つ薄汚れた男が一人膝を抱えている。

「……シャーロット様が……嘘だ……あの女の言ったことが全て嘘だったなんて……だったら俺は何のために……」

聖者も人間だ。清貧な心にも濁りはあるし、遍《あまね》く全ての者に救いをもたらすことなど出来はしない。彼に何があったのかはともかく、いずれ失意の内に死ぬであろう者に都合良く手が差し伸べられることも無い。事実、彼を救えるであろう聖者は千里眼など持っておらず、ここから離れた場所に位置する、王都に建てられた教会に身を寄せているのだから。

「これが、シャーロットちゃんが寝てた間に起きた顛末《てんまつ》よぉ」

「……ありがとうございます。ウォーロット枢機卿」

「今はラブって名乗ってるの。それかママで通ってるわぁ。どっちか好きな方で呼んでちょうだい」

デスコル風邪を患った状態で無理を通し続けたことが祟り、シャーロットは衰弱した体を癒すためにこの一ヶ月間を殆ど寝て過ごしていた。そしてゼオが飛び去った後、この国の有力者を取り巻く状況をラブから聞いた彼女は、ベッドの上で上体を起こしたままラブに頭を下げる。

「それより、ごめんなさいね。ワタシ、あの子のことを悪者扱いしちゃったわ」

「そんな……ママさんが気にすることではありません。状況やあの子の性格を考えれば、何もかも納得してしまいましたから」

「あら、そっちの名前で呼んでくれるのねぇ」

冗談めかした口調で小さく笑うラブに、シャーロットも淡く微笑む。ラブのスキルである《思念探知》の力で得たゼオの情報、その想いの全てを伝えられたシャーロットは、悲しみと共に実にゼオらしいという達観に似た感情を抱いていたが、その目に曇りは無い。

「貴方には教会に所属した私の後見人になってもらいましたから。ある意味、親という立ち位置かと思って」

「……それじゃあ、行くのねぇ？」

「はい……巡礼者となって各地を回り、あの子を……ゼオを見つけ出します」

ゼオがどんな覚悟で戦い、どんな想いで泥を被って飛び去ったのかを知ってしまったシャーロット。ラブから聞いた話が全て本当であっても何ら不思議ではないと確信した彼女は、遠い空の下に居るであろうゼオのことを想った。

外敵に容赦がない割には、大切な人には優しくて、彼らが傷つけられるようなことがあれば命を賭して戦う勇敢な怪物。そして、シャーロットがこの世で最も大切に思っている存在。

そんな彼がどこか遠い場所で寂しい思いをしているのではないかと思うと、立ち止まってはいられなかった。事実、自身もまた心に空洞が出来たかのような寂しさを感じているのだから。

「漢の覚悟に背くようなことかもしれないけれど、貴女にだけは教えないといって思ってねぇん。特に口止めされた訳でもないしぃ」

「ふふ……。それにしても驚きました。あの子の精神と魂が人の男性のものであったなんて」

「彼に伝える意図は無かったようだけど、情報と一緒に駄々洩れになってたのよぉ。今までに無い事例よねぇ。少なくともワタシは聞いたことが無いわぁ」

そう、人の男だ。体はキメラでも一人の男が、絶望と悲劇の渦中に居た女の為に戦い抜き、女の幸せな未来の為に自ら汚名を被って別れを告げたのだ。物語に出てくる王子のように美しくもなければ随分と泥臭い行動だが、シャーロットは以前から胸の奥に宿っていた慈愛とは別の熱い衝動と高鳴りを自覚した。

この感情には覚えがある。かつての婚約者に感じていたもので、しかしその頃とは比べ物にならないほど大きな、人間の感情に根差す気持ち。

「ママさん……私、ゼオに会いたいです。勝手に一人で決めて別れを告げたことに対して怒ってたりしますし、まるで弟に対するような心配もありますが、それ以上に私がゼオに会いたいのです」

「……そう」

ラブは尊いものを見るかのように目を細める。魔物の身も人の身も超えて宿った想いの名に気付いたシャーロットの行動は早かった。貴族籍から抜けさせられたこともあって、すぐさま女神教に正式に入信。政治から自らを切り離し、民草の為に祈るシスターとして歩みを進めようとしている。

そしてそれは、大義の為だけに生きるという王侯貴族の殻を破り、シャーロットが他者と自分自身の為に生きる決意が示した道でもあった。

「巡礼は大変だけれど……シャーロットちゃんにはそっちの方が良かったのかもねぇ。バカにするつもりはないけれど、貴女って明らかに貴族や王妃なんて向いてなさそうだし」

「そうでしょうか？　……そう、かもしれませんね」

公爵令嬢として育ち、次期王妃として教育を受けてきたシャーロットだが、貴族の責務というのは時に大勢の為に少数を無残に切り捨てる非情なもの。シャーロット自身はそうする日が来ることを覚悟していたし、実際に歴史に名を遺す為政者《いせいしゃ》にもなり得た逸材だが、出来ることと向いているかどうかは話が違う。

時に非情に振る舞わなければならない王侯貴族として生きていくには、シャーロットは心が優し過ぎた。

「ワタシは貴女は立派なシスターになれると思うわぁ。そうなれるよう、教会のルールや仕事を叩き込んであげちゃう♡　……でも、その前にまずケジメだけはつけないとね？」

「……はい」


シャーロットの面会許可が下りたと聞いて真っ先に動いたのは、リチャードとハイベル公爵家三人、その使用人の代表である執事長とケリィだった。面会場所は王都の教会の一室。本来ならば王侯貴族に足を運ばせるのは良くないのだが、今回はシャーロットが病み上がりであるということと、彼女に対する仕打ちが考慮された結果だった。

「父上……姉上は僕たちを許してくれるのでしょうか……？」

「分からん……分からんが……それでも、謝罪だけはしなければならん」

応接室のソファに座るギリアムの隣で、シャーロットに会えると聞いて無理を通して訪れたエルザがまた静かに泣き始めた。その後ろに控えるように立つのは、失った片足の代わりに魔導義足を装着し、松葉杖をつくロイド。壁際には執事長とケリィ。彼らは一様に重苦しい空気を発していたが、上座で一人掛けのソファに座るリチャードはどこか能天気だ。

(大丈夫。心優しいシャーロットなら、誠心誠意謝罪すればきっと許してくれる。何より私たちは、あんなにも愛し合ったではないか。元凶を取り除いた今なら、もう一度あの日に戻れる……!)

確かにシャーロットはリチャードよりも有能で、それに気後《おく》れしていた。それでも彼女が婚約者であることに不満など無く、むしろ誇らしく思っていたのだ。あの美しい少女と生涯を共に歩む。それがリリィに狂わされる前のリチャードの願いで、目が覚めた今の彼が抱く願いだ。

「……大変お待たせしました」

ここ最近、ずっと聞きたかった鈴の音のような可憐な声が扉を開ける音と共にリチャードたちの鼓膜を震わす。部屋の入り口を見ると、女性の女神教徒が着用する修道服に身を包んだシャーロットが、ラブと共に入室してきた。

「シャーロット……何故そのような服装を……?」

グランディア王国において女神教は王侯貴族に不干渉としている。貴族の血筋である彼女が修道服を着るということは、政権を担う立場を放棄するということ。貴族であることを止めて市井に降りるという無言の意思表示だ。それを察したハイベル公爵家一同はより一層暗い表情を浮かべるが、貴族籍に帰属することを前提としてやってきたリチャードからすればその服はこの場に相応しくない。

「……っ!」

着替えるように促そうと近づくと、シャーロットは僅かに肩を震わせて表情を強張らせる。それもそのはず、シャーロットはつい一月前にラブ以外のこの場に居る者たちに手酷く罵倒され、殺されかかったのだ。むしろ泣き叫ばず、気丈に振る舞おうとしているだけでも彼女の精神力の強さが窺えるが、近づいてほしくないというのが本音だ。とはいえ王子に対して無礼を働く訳にもいかず、どうしたものかと一瞬判断に迷っている間に、ラブがその巨体を割り込ませた。

「はーいストップ。あまり近づかないでくれるかしら？　この子に無体をするのは、母親代わりとして見過ごせないわ」

「は、母親……？　後見人という意味か？　どちらかと言うと父お」

「あぁんっ⁉」

ドスの利いた声と凄まじい眼力に怯み、リチャードはそのまま自分が座っていたソファに座り直す。

「先に言っておくけど、ワタシがここに居るのはあくまでシャーロットちゃんを見守る為。この子に乱暴したり、王侯貴族の権限で脅そうとしない限り、無暗に口を挟むつもりは無いから」

それだけ言って傍観を決め込むラブ。

「シャーロット……あの……今まで本当に、ごめんなさい」

「弁明のしようが無いとは思っている。しかしそれでも謝らせてほしい。出来うる限りの償いもするし、お前の部屋も元に戻したのだ。静かな療養には丁度いいと……」

「いえ……いいんです」

シャーロットはギリアムの言葉を遮る。

「もう……いいのです」

それは屋敷に戻るという意味だけではない、あらゆる意味が含められた遠回しな拒絶だった。

シャーロットとギリアムたちが発する言葉を決めかねている中、リチャードだけは先んじてシャーロットに対して媚びるような視線を向けて言い募る。

「すまない、シャーロット。あの悪女の策謀に嵌められ、君に酷いことをしてしまった。私はとんだ愚か者だ。しかし君の優しさを思い出して目が覚めたよ。今こそ私の婚約者として返り咲き、末永く私を傍で支えてほしい。君が私を愛してくれるように、私も君を生涯愛し続けるから」

流れるような言葉遣いで謝罪と要求を一度にこなすリチャード。事情が事情なのだ。シャーロットなら自分たちを憐れんで再びこの手を取ってくれるはずだと、彼は信じて疑わない。……しかし、シャーロットの返事は彼が期待していたものとは全く別だった。

「……王太子殿下。次いでハイベル公爵閣下」

今までとは違う、完全に他人としての呼び方にギリアムたちは一斉に息を呑む。そしてこの後の顛末は予想通りであろうと確信してしまった。

「事の顛末は全て聞きました。貴方方に起きた不運を想えば、私も胸が締め付けられそうな想いです」

「そ、そうなんだ！　全てはリリィのせいであって、私の意思とは……！」

「ですが」

一瞬喜色ばんだ表情を浮かべてシャーロットの両手を握ろうとしたリチャードだが、続けて放たれた言葉に絶句することとなる。

「……ですが過去は消えません。いくらスキルの影響で疎まれようとも、貴方方がどのような目で私を処刑台に送ったのか、一生涯忘れられそうにないのです」

「シャーロット様……」

ポツポツと語るシャーロットの言葉を……ただ自分たちのしたことを忘れられないと言われたギリアムたちは俯きながら震えることしか出来ない。それは、あの優しいシャーロットに初めて心の傷というものを負わせてしまった己の不甲斐なさと、そうさせたのが自分たちであるということを理解してしまっているから。

娘として、姉として、友人として親愛の情を向けられていたにも拘らず、それら全てを蔑ろにして負の感情を押し付けた自覚があるだけ余計に。

「な、何を言っているんだ……？　シャーロット」

この場でただ一人理解していないのは……いや、無意識に理解しないようにしているのはリチャードだけ。しかしそんな彼もシャーロットの雰囲気を見て、必死に目を背けていたことから逃げられなくなっていた。

「ごめんなさい。ハイベル家の皆様は今まで良くしてくれたのに、私は貴方方のことが嫌いになってしまいました」

「姉上……謝らないでください……！　我々は、貴女の心に取り返しのつかない傷を……！」

「……この度の一件、もはや時間の川に流すことしか出来ないと思います。このまま無理に共に居たとしても、互いに傷つけ合うだけのように思いますから。……これまで育ててくれたことは忘れません。……さようなら」

もし私を哀れに思うのなら自由にさせてほしい。そんな思いを感じ取り、ただただ沈痛な表情を浮かべる男三人と、遂に泣き崩れるエルザとケリィ。もう貴族籍に戻るつもりはないと告げた彼女の後を追うことが出来る立場のケリィは職を辞してシャーロットの傍で贖罪を続けたいという思いが強かったが、それすらも許されていないのだ。

告げるべきことは告げたとしてその場を立ち、ラブと共に部屋から出ていこうとするシャーロットをリチャードは慌てて呼び止める。

「待ってくれシャーロット！　君にしてしまったことを自覚した時から、ずっと後悔していた。私はまだ君のことを愛しているんだ！　頼む、もう一度私の元へ戻ってきてくれ！」

「殿下……」

「それに、このまま一介のシスターになって何になるって言うんだ!?　確かに女神教は男女交際や婚姻は自由だが、私以上に君を愛せて、なおかつ権力と富を有する男など居ないだろう!?　君の幸せは、私の隣にこそあるはずなんだ！　だから！」

シャーロットはジッと、感情を窺わせない瞳でリチャードを見る。彼本人は自分に別れも告げずに立ち去ろうとしたシャーロットに危機感を覚えているようだが、悲しいことにシャーロットの心は凪《な》いでいた。

「王太子殿下……確かに私もあなたのことを愛していました」

「おぉ……！　それでは……！」

「ですが、全ては過去なのです。私はもう、個人として貴方を愛することが出来ません。とても……とても大切な存在が出来てしまいました。不器用で卑屈で、でもとても優しくて勇敢な、私がこの世で一番大切に想う、そんな存在が」

大切な存在。そう告げた彼女の表情が、これまで見たことの無いほどの熱を帯びていることに気付いてしまう。そこに男の影を感じたリチャードは胸が押し潰されるような嫉妬を感じながらシャーロットに言い募る。

「な、何故だ⁉ 私たちはあんなにも愛し合っていたではないか⁉ 前と同じように……いや、それ以上に恵まれた暮らしを王族として約束する！ なのに……なのに君は、そんなどこの馬の骨とも分からない男を選ぶというのか⁉」

「確かに付き合いは長くありません。ですが、あの暗く狭い部屋に押し込められた私の孤独を癒し、死にゆくこの身を救ってくれたのは他ならない彼なのです。私は、彼と生涯を共にしたい」

「や、止めろ……止めてくれ……シャーロット！」

リチャードたちは種族の違いなど知る由もないが、当の本人から違う男への情愛の言葉を聞かされては堪ったものではない。それを常に控えめで熱の籠った想いを胸に秘めることが多かったシャーロットが口にする分余計に。

「今までの私なら、きっと貴方方のことを憐れんでしまい、本心からの選択を出来なかったかもしれません。ですが、彼はそんな私に幸せになれと願い、遠い空の下へ旅立ちました。だから私も後悔の無い選択をし、彼の決意に報います」

だから告げなければならない。たとえかつて愛していたリチャードを傷つけることになろうとも、お互い前へ進む為に。

「王太子殿下。貴方がリリィへ心変わりし、私を処刑台へ送ってから……彼が私を救い、道を示してくれた時から……もう貴方に微塵も関心が持てません」

好きの反対は嫌いではなく無関心とはよく言ったものだ。ハイベル公爵家には悲しみの視線を向けていたシャーロットが、初めて見せる無機的な視線に、リチャードは動けなくなる。

そのまま一礼して重苦しい雰囲気を発するかつての家族を置いて退室するシャーロットを、何とか追いかけようと手を伸ばして立ち上がるが、リチャードは自分が履いているオムツの中に湿った泥のような存在を自覚する。

王子として、一人の男として急に恥ずかしくなった彼は、屈辱と羞恥にただ打ち震えることしか出来なかった。


三日後、ラブと共にゼオが飛び去ったという西方にある教会を目指して幌馬車に揺られるシャーロットは、すっかり遠くなった王都を見ながら憂いと共に呟く。

「……あれで良かったのでしょうか？　あの人たちに対し、冷淡になり過ぎたのではないかと、今でも思うのです」

「あれが今のシャーロットちゃんの偽らざる本音、でしょ？　確かに悪業や負の感情は褒められたものじゃないけど、それと戦う気高さこそが人の美しさよん。その真価は、これから貴女がどれだけ良心と向き合えるかに問われるわぁ」

それに、とラブは続けて告げる。

「神様にだって止められない女の子の本懐を、一体誰が止められるっていうのかしらぁ？」

ラブの言葉をどこか可笑《おか》しそうに微笑みながらひとまず納得し、シャーロットは揺れる幌馬車から空を眺める。蒼穹《そうきゅう》には自由に舞う鳥の影があった。

（ゼオ……貴方も同じ空を見上げているのでしょうか？）

これからシャーロットは修道女としての役目を学び、過酷な旅路を進む人生を送ることとなる。それは定められた将来と不自由がある代わりに安全と裕福な暮らしが保証されていた貴族としての人生ではなく、何が起きても全てが自己責任の世界。

普通の少女ならば不安に思うだろうが、彼女の心は実に軽やかだった。普段乗っていたような馬車の中では感じられない草と土の匂いも、幌を吹き抜ける風の感触も、遠くに聞こえる河のせせらぎも、貴族であれば知る由もなかった新鮮さ。

（あぁ……そうか。これが……）

保証が無くなった代わりに、今まで彼女を雁字搦めにしていたしがらみが一斉に引き千切られる。責務に追われることなく、ただ自分の歩みで過ごせるこの清々しさ。その切っ掛けをくれたのは間違いなくゼオだ。

今の彼女であればどこにだって行ける。過酷さなどというのは、願いへの対価なのだ。貴族のしがらみも、誰のものとも分からない呪いも、胸に熱い想いを秘めた少女を止めることなど出来はしない。

シャーロットは……もう自由だ。


そんな満開の花が咲いたような穏やかな笑みを浮かべ、風に舞う髪を押さえながら空を眺める少女を、どこか遠い場所から見つめる九本の黒い鎖で束縛された女は幾度も殴られ蹴られてボロボロ

になりながらも心底幸せそうに微笑んでいた。

「良かった……本当に、良かった……！」

彼女が何故泣くほど喜んでいるのかなど、今は誰も理解していないのだろう。その答えは、女の目に映るステータスだけが物語っていた。

名前：シャーロット　種族：ルシフェル完全体
Lv：1　HP：162／162　MP：2341／2341
攻撃：101　耐久：110　魔力：1598　敏捷：121

◆スキル◆
《無神論の王権：Lv1》《再生魔法：Lv1》《浄化魔法：Lv1》《結界魔法：Lv1》《回復強化：Lv6》《毒耐性：Lv5》《呪い耐性：Lv6》《魔力耐性：Lv8》《精神耐性：Lv5》

◆称号◆
《元令嬢》《厚き信仰》《女神の信者》《良心に耳を傾ける者》《淑女の鑑》《慈悲の心》《聖女》《癒しの導き手》《献身の徒》《解放されし魂》《レベル上限解放者》

「どうか……貴女の未来が明るいものでありますように……」

そう言って、女は微笑んだまま痛みに意識を手放した。

しかし、祝福する者も居れば、影のように悪意を撒き散らす者も居る。

「忌々しい■■■■■め……！　このような形で私の邪魔をするとは……！」

男は女の血で汚れた手を握り締めながら忌々しそうに独り言を呟く。

「こうなっては仕方あるまい。これ以上邪魔をされないように、残りの〝実〟を植え付けるしかない」

醜悪で残虐な笑みを浮かべる男は、どこか遠い世界からキメラの姿を眺めながら決定する。

「この薄汚い魔物の魂の同郷とあれば、奴と同じ境地に辿り着ける者も居るだろう。候補は多いに越したことはない」

「今こそ、勇者召喚を始めよう」

BKブックス

最強の魔物になる道を辿る俺、異世界中でざまぁを執行する

2019年4月20日　初版第一刷発行

著　者　大小判《たいこばん》

イラストレーター　めばる

発行人　大島雄司

発行所　株式会社ぶんか社
〒102-8405　東京都千代田区一番町29-6
TEL 03-3222-5125（編集部）
TEL 03-3222-5115（出版営業部）
www.bunkasha.co.jp

装　丁　AFTERGLOW

編　集　株式会社 パルプライド

印刷所　大日本印刷株式会社

定価はカバーに表示してあります。乱丁・落丁の場合は小社でお取り替えいたします。

本書の無断転載・複写・上演・放送を禁じます。

また、本書のコピー、スキャン、デジタル化等の無断複製は著作権法上の例外を除き禁じられています。

本書を代行業者等の第三者に依頼してスキャンやデジタル化することは、たとえ個人や家庭内での利用であっても、
著作権法上認められておりません。本書の掲載作品はすべてフィクションです。実在の人物・事件・団体等には一切関係ありません。

ISBN978-4-8211-4513-3
©Taikoban 2019
Printed in Japan